KB220871

오월의 파자마 파티

청소년 소설 _20

오월의 파자마 파티

이수연 글

펴낸날 2025년 3월 25일 초판1쇄
펴낸이 김남호 | 펴낸곳 현북스
출판등록일 2010년 11월 11일 | 제313-2010-333호
주소 07207 서울시 영등포구 양평로 157, 투웨니퍼스트밸리 801호
전화 02) 3141-7277 | 팩스 02) 3141-7278
홈페이지 http://www.hyunbooks.co.kr | 인스타그램 hyunbooks
ISBN 979-11-5741-436-9 43810

편집 전은남 | 디자인 조한 | 마케팅 송유근 함지숙

오월의 파자마 파티

이수연

현북스

차례

녀석의 첫 맛, 민트초코

무리에 새로 들어온 녀석은 독특했다. 일단 잘 웃었다. 그리고 간식을 잘 쏘았다. 그 친구가 아니라 그 엄마가 말이다.

새 학년을 맞고 나면 서로의 얼굴을 기억하게 되는 계기가 하나씩 있게 마련인데, 그 친구는 마카롱이었다. 나이가 한참 어린 우리에게 쉴 새 없이 허리를 굽히던 녀석의 엄마가 우리에게 하나씩 안겨 준, 알록달록한 마카롱이 여섯 개씩 든 민트색 박스가 그 친구의 첫인상이었다. 정확히 말하면 치약에 초콜릿과 마시멜로를 버무린 것 같은 찐득찐득하고 난감한 민트초코 맛이 그 녀석의 첫 맛이었다.

녀석이 무리에 끼게 된 결정적인 계기는 따로 있었다. 여학생의 치마 사건이었다. 자신들도 못 해 본 걸 그 녀석이 해 냈기 때문이라는 게 동욱이 들이댄 이유였다.

하얀 얼굴에 가는 팔과 잘록한 허리를 가진 여자아이였다. 정유도 가끔 흘긋거리곤 얼굴을 붉힌 적이 있는 여학생이었다. 그 여학생이 종교 시간 예배가 끝난 후 강당을 나서다 봉변을 당한 것이다.

그 여학생 바로 뒤에서 계단을 오르던 녀석이 두 손으로 교복 치마를 벗길 것처럼 아래로 잡아당긴 건 순식간의 일이었다.

곧 강당이 떠내려갈 듯 비명이 울렸다. 잠시 후 정유 눈에 들어온 건 어쩔 줄 모르고 열 손가락을 가슴께에서 흔들고 있는 민트초코 녀석이었다. 그 여자아이는 울면서 사라진 뒤였다.

그때 녀석이 웅얼거리는 소리를 들은 사람은 많지 않았다. 그러나 정유는 들었다.

"너무 짧아. 너무 짧아서 추울까 봐 내려 준 건데."

안절부절못하는 녀석을 선생님과 몇몇 선도위원들이 어디론가 데려갔다. 그 후 얼마 동안 녀석의 엄마가 매일 학교에 등교하다시피 했다. 교장실을 나서는 아주머니는 오뚝이 인형처럼 쉴 새 없이 윗몸을 숙여 허리를 굽혔다. 간신히 울음을 참은 얼굴이었다.

며칠간 출석 정지 처분을 받은 녀석이 다시 등교하기 시작한 게 일주일 전이었다.

"출석 정지 아무나 받는 거 아니다. 원래 조직엔 또라이 새끼가 하나쯤은 있어 줘야 제대로 돌아가는 법이지. 게다가 성추행이라니 참신하잖아."

동욱이 녀석이 민트초코 녀석을 무리에 끼워 넣기로 일방적으로 결정했을 때 다른 녀석들은 바보처럼 따라 웃었다. 그러나 정유는 달랐다. 바보처럼 웃고 있었지만 머릿속에 반짝 불이 들어왔다.

이젠 끝낼 수 있다!

민트초코 녀석의 집은 대형 평수가 몰려 있는 바람마을 단지에 있었다. 봄이면 수북이 쌓인 벚꽃잎을 밟고 가을이면 바싹 마른 낙엽을 천천히 밟으며 노인들이 대형견을 산책시키는 곳이었다. 정유가 아빠 책방에 갈 때면 항상 지나는 곳이지만 한번도 산책로 안으로 들어가 본 적은 없었다.

자전거로 스쳐 지날 때마다 정유는 이곳에 사는 사람들을 상상하곤 했다. 정확히는 대형견을 산책시키는 어르신들 밑에서 엄격하거나 인자한 훈육을 받고 자라는 아이들을. 그들이라면 괴롭힘을 당하는 자식들을 그냥 두지 않겠지. 아니 그 자식들이라면 태어날 때부터 그 누구도 함부로 못 할 보호막 하나씩은 갖고 있을 것이다.

그런데 녀석의 집이 그곳에 있었다.

녀석의 집은 산책로 깊숙한 곳에 자리 잡은 단지에 있었다. 소풍 가는 어린애처럼 옆에 달라붙어 쉴 새 없이 떠드는 민초 녀석만 아니었다면 정말 고즈넉한 동네였다. 조용한 동네. 문득 동욱이 녀석을 무리에 끼운 이유 중 하나였을 거라는 데 생각이 미쳤다.

녀석의 집에는 흰머리의 어르신도, 대형견도 없었다. 아무도 없었다. 넓은 평수 때문인지 살림마저 얼마 없어 보였다.

동욱이 말마따나 지방의 연구단지에서 일하는 아빠와 시내에서 한식당을 운영하는 엄마를 둔 녀석이 혼자 지내기엔 너무 큰 집이었다. 고등학생 누나가 지방 학교 기숙사에 있어 녀석이 낮에 집에 혼자 있다는 정보를 빠르게 입수한 동욱은 이참에 아지트를 이전하겠다고 선언했다. 재건축을 기다리는 스물두 평짜리 낡은 아파트에서 낮에는 개와 노인이 지키고 있을 뿐인 넓고 쾌적한 아파트로. 게다가 뭐든지 다 내어줄 준비가 돼 있는 또라이가 사는…….

"앗, 뜨거! 민준이 불 만지면 큰일 나."

라면을 끓일 줄 아냐는 정유의 질문에 녀석은 열 손가락을 흔들며 수선을 피웠다. 곧 동욱이와 녀석들이 굶주린 늑대 떼처럼 덤벼들 텐데 집주인 녀석은 주방에 들어갈 생각이 없어 보였다. 대신 녀석이 내민 건 전화 한 통이면 해결되는 인근의 음식점 안내 책자였다.

"여기 전화해. 짜장면, 치킨, 마라탕 다 먹어도 돼. 엄마가 나중에 돈 다 내."

이런. 동욱이 미처 생각하지 못했을 함정이었다. 굶주린 늑대 다섯 마리가 다녀간 흔적을 섣불리 남겨서는 안 되었다.

정유가 난감해하는 걸 눈치챈 녀석은 라면을 못 끓이는 게 큰 잘못이라도 되는 양 안절부절못했다. 두 손을 가슴께에 들고 열 손가락을 꼼지락거렸다. 여자아이의 스커트를 잡아당기다 허벅지가 손에 닿자 녀석이 했던 행동이었다.

경계성 자폐. 학기 초 눈물이 굴러떨어질 것 같은 미소를 지으며 반 아이들에게 민트색 박스를 하나씩 안기던 녀석의 엄마는 녀석이 아프다고 했다. 자폐 진단을 받기는 했지만 정상인들과 크게 다르지 않은 '경계'에 있는 아이라 했다. 녀석의 엄마는 반 아이들이 녀석을 경계 밖으로 밀어내는 걸 사전에 막으러 온 거였다. 그 뒤에도 녀석이 경계 밖으로 굴러떨어지는 걸 필사적으로 막으려는 듯 몇 번 더 간식 박스를 들고 찾아왔다.

아주머니는 경계를 강조했다. 경계선에 서 있을 뿐 다르지 않다고.

"마라황 마라탕, 여기 민준이 너무 매워. 미미통닭, 여기 엄마가 기름 별로래. 할매꼬꼬치킨. 여긴 두 마리 사면 한 마리 더 줘. 상하이 반점 쟁반짜장 맛집이야. 단무지 맛있어."

정유는 시키지 않았는데도 식당 이름에 후기까지 덧붙여 읊어 대는 녀석을 노려보았다. 경계선을 밟고 서 있는 녀석이 어느 쪽에 더 가까운지는 알 바 아니었지만 적어도 자신에게 별 도움이 되지 않는 신입임은 틀림없어 보였다.

정유는 초조해졌다. 조금 전 확인했을 때보다 5분이 지나 있었다. 무리와 어울리고 나서 생긴 버릇이 5분 단위로 시간을 확인하는 거였다. 동욱은 배고픈 걸 참지 못했다. 자신이 정한 시간에 식사 준비가 돼 있지 않으면 불같이 화를 냈다. 동욱이 무리가 오기로 한 시간은 이제 25분 남았다. 경계에 위태롭게 서 있는 녀석은 그렇다 치고 자신까지 책잡힐 순 없었다.

정유는 녀석을 옆으로 밀치고 자기네 것보다 두 배는 큰 냉장고를 열었다. 커다란 반찬통이 수북이 쌓여 있었다. 정유네 냉장고에서는 절대 있을 수 없는 일이었다. 아빠가 장을 본 뒤에도 냉장고 안에는 편의점 음식이나 바로 데워 먹을 수 있는 반조리 식품이 포장 비닐 째 널브러져 있기 마련이었다.

정유가 선택한 메뉴는 돼지갈비와 라면이었다. 냉장고 중앙에 있는 커다란 밀폐용기에 담긴 게 간장양념에 재운 갈비였다. 갈비를 집에서 구워 본 적은 없지만 정유는 대충 프라이팬을 찾아 굽기 시작했다. 삼겹살이라면 구워 본 적이 있으니 크게 다르지 않을 것 같았다.

그때 카톡이 울렸다. 동욱이였다.

아파트 입구. 올라감. 식사 준비 끝?
기대ㅋㅋㅋㅋ

녀석이 제일 싫어하는 게 퍼진 라면이었다. 심이 살짝 씹힐 정도로 꼬들꼬들한 라면이 아니면 대놓고 얼굴을 찡그렸다. 녀석이 두 번째로 싫어하는 신김치와 푹 퍼진 라면이 조합을 이룬 날은 더없는 지옥을 경험해야 했다. 정유는 녀석들이 한 젓갈 먹다 패대기친 불어 터진 라면에 신김치를 쏟아부은 음쓰를 냄비째 먹고 게워 냈던 기억을 떠올렸다.

불 위에 물을 올리고 타이머를 맞추는 손이 떨렸다. 이마에 맺히기 시작한 땀방울과 별개로 손끝이 차가워졌다.

"갈비 탄다, 갈비 탄다."

녀석이 이렇게 소리쳤을 땐 이미 주방 가득 연기가 들어찬 참이었다. 라면 시간을 맞추느라 인덕션 위 다른 화구 위에 놓인 갈비를 제때 뒤집지 못한 탓이었다. 삼겹살을 구울 때와 달리 프라이팬에 양념이 눌어붙은 갈비는 순식간에 타기 시작했다.

"불났다. 불났어! 불이야! 불이야!"

녀석이 소리 지르며 미친 듯 날뛰고 있을 때 초인종이 울렸다. 불을 껐지만 이미 집 안은 연기와 냄새로 매캐해진 뒤였고 녀석의 눈은 반쯤 뒤집힌 채였다.

자신들의 새 아지트가 얼마나 넓고 쾌적한지 감탄할 타이밍을 놓친 채 동욱 무리는 얼이 빠진 얼굴로 녀석과 정유를 번갈아 바라봤다.

"이런 병신 새끼들. 이런 새끼들을 꼬붕이라고."

불어 터진 라면과 까맣게 탄 갈비를 깨작거리다 젓가락을 내던지며 동욱이 잇새로 내뱉은 말이었다.

거실의 연기는 다 빠진 상태였지만, 녀석은 구석에 웅크린 채 일어서지 않았다. 그러곤 쉴 새 없이 중얼거렸다.

"불 나면 큰난다. 아빠한테 혼나. 민준이 혼나. 민준이 죽어. 민준이 혼나. 민준이 죽어……."

"에이 씨, 저 새끼 조용히 좀 시켜! 재수 없는 새끼."

동욱이와 아이들은 주방을 뒤져 컵라면과 빵으로 배를 채우고 거실 여기저기에 널브러졌다. 동욱이는 아예 녀석의 방문을 활짝 열어젖히고 들어가 침대에 벌렁 드러누웠다. 녀석이 집에 오자마자 가방을 얌전히 내려 놓고 여러 번 가방의 위치를 바로 잡던 것을 정유는 기억하고 있었다. 침대에 점프하듯 누운 동욱의 발길에 차여 모로 쓰러진 건 녀석의 그 백팩이었다. 안 그래도 안절부절못하던 녀석의 눈에 절망의 빛이 어렸다.

신입회원 환영식은 끝났다. 동욱은 삐거덕거리는 정유의 침대를 버리고 뽀송뽀송하고 넓은 녀석의 침대를 취하겠노라고 선언했다. 신고식 라면은 불었지만 종류별로 빼곡히 들어찬 간식 창고도 한몫했다. 무엇보다 사양 낮은 정유 것과 달리 맘 놓고 쓸 수 있는 최신 컴퓨터가 있었다. 이것이 경계를 밟고 위태롭게 선 녀석을 무리에 끼워 주기로 최종 결정한 이유였다.

　무리와 헤어지고 나서 정유는 잠시 걸음을 멈추었다.

　아빠는 일주일에 두세 번씩 책방에서 야간작업을 했다. 찢어지거나 훼손된 책들을 손보는 작업이었다. 이런 날은 동욱이 무리가 정유네 집을 점유하는 날이기도 했다. 야간작업이 없는 오늘 같은 날이면 아빠는 일찍 책방 문을 닫고 집에서 텔레비전을 봤다.

　정유는 집 대신 아빠의 책방으로 향했다. 멍하니 텔레비전에 눈을 고정한 채 건성으로 인사를 받는 아빠를 보는 것도 불편했지만, 무엇보다 너덜너덜해진 마음을 다스릴 시간이 필요했다.

　정유는 중고 책이 빼곡히 들어찬 아빠의 책방이 좋았다. 퀴퀴한 냄새도, 얼룩진 누런 종이도 좋았다. 반듯하게 다듬어진

새것들만 모인 곳에선 찾을 수 없는 편안함이 있었고 숨을 쉴 수 있는 구멍이 있었다. 3년 전 아빠가 다니던 중소 전자제품 회사에서 명예퇴직을 한 후 그 돈으로 차린 가게였다.

정유는 이곳이 동욱 무리에게 노출되는 것만큼은 필사적으로 막았다. 자신의 유일한 성지마저 뺏길 순 없었다. 아빠가 퇴근한 밤, 잠긴 문을 따고 들어와 구석에 놓인 작은 나무 책상에 앉아 독서 등을 켜 놓고 있으면 자신만의 작은 세상에서 보호받는 기분이었다.

아, 빌어먹을 보호…….

아주 어렸을 때 천둥 치던 날 오줌을 참다 이불에 싼 적이 있다. 축축해진 이부자리와 귀를 뚫을 것 같은 천둥소리를 참지 못하고 정유는 안방을 찾았다. 아마도 간호사였던 엄마가 야간 근무를 하던 날이었을 것이다. 아빠가 잠결에 정유를 안고 속삭였다.

"괜찮아. 아빠가 옆에 있잖아."

처음이자 마지막이었다. 아빠로부터 보호받고 있다는 안도감을 느낀 게.

그 이후로 정유는 종종 그날 밤을 떠올렸다. 텁텁하지만 따뜻했던, 긴가민가했던 보호의 숨결을 떠올리곤 했다. 잘못 들은 거라 해도 그 불확실한 기억이 아빠와 자신을 이어 주는 희미한 끈처럼 여겨졌다.

정유는 책을 좋아하는 편은 아니었다. 처음 아빠가 동네의 작은 카페를 인수해 중고 서점을 차린다고 했을 때 실망했던 이유 중 하나가 그거였다. 그러나 아빠의 발품 덕분에 누런 책들이 빠르게 가게 귀퉁이부터 채워지기 시작했고, 이제는 멀리서 찾아오는 사람들도 제법 있었다. 그리고 책이라고 해서 고리타분한 것만 있는 게 아니란 걸 정유는 사람들의 손때가 묻은 책들을 보면서 비로소 깨달았다.

정유가 즐겨 보는 책은 잡지와 만화책이었다. 슬램덩크 시리즈와 아즈망가 대왕 시리즈에 시간 가는 줄 몰랐고, 과학 잡지는 정유에게 상상의 허영을 허용하는 유일한 공간이자 콘텐츠가 되어 주었다. 더욱이 오늘처럼 기분이 더러울 때면 이 공간의 보호를 받는 것만으로도 심폐 소생을 받고 다시 살아나는 기분이었다.

2학년이 된 후 어느 날부턴가 정유의 하루하루는 지옥이었다. 엊저녁 멍든 팔뚝 위로 비누칠을 하며 콧노래를 부를 수 있었던 건 지옥의 유효기간이 어쩌면 곧 끝날지 모른다는 어설픈 계산 때문이었을 것이다. 민트초코 녀석에게 자신의 지옥을 인수인계하려 했다는 걸 인정할 수밖에 없었다. 하지만 부실하고 괴이하기 짝이 없는 녀석의 언행은 어딜 봐도 동욱의 최말단 꼬붕으로 적절치 않아 보였다. 그건 앞으로도 정유가 동욱이 무리를 위해 꼬들한 라면을 끓여 내고 게임의 레벨을 올려 주고 숙제를 대신 해 주는 최말단 꼬붕에서 벗어날 수 없음을 의미하기도 했다.

몸속 깊은 곳에서 뜨거운 뭔가가 치밀어 올랐다. 그게 책장에 머리를 쿵쿵 짓찧게 만들었다.

그 빛이 눈에 들어온 건 조금 뒤였다. 정유가 희미한 독서 등 아래에서 등받이에 몸을 기댄 채 무심히 맞은편 책장 쪽으로 시선을 두고 있을 때였다. 독서 등 불빛보다 더 희미한 빛이 그곳 어딘가에서 새어 나오고 있었다.

'뭐지?'

순간 머리칼이 일어서는 느낌이었지만 정유는 홀린 듯 자리에서 일어났다. 그곳은 옛날 책자 중에서도 제본이 되지 않은 가제본들을 모아 놓은 책장이었다. 글을 쓰던 지인들이 아빠에게 맡겨 놓은 것들이라 했다.

책장으로 다가갔을 때는 불빛이 사그라든 후였다. 정유는 불빛이 새어 나오던 곳의 책들을 조심조심 들춰보았다. 정확히 그 즈음이라고 생각되는 지점에 못 보던 가제본 책이 있었다. 가제본 된 책답게 옛날 타자기로 작성된 텍스트였다. 얇은 책자였지만 표지에 제목과 날짜까지 쓰인 게 제법 공들여 만든 티가 났다.

"1980년 오월의 엠티?"

책 제목부터 무슨 암호 같았다. 1980년이면 지금부터 40년도 더 전인데. 표지 아래에 검은 매직으로 무언가 지운 흔적이 있었다. 이걸 쓴 사람의 이름인 듯했다. 다시 꽂아 놓고 자동차 잡지나 읽어야겠다고 마음먹은 순간 첫 장의 제목이 정유의 눈에 박혔다.

동생의 실종

정유는 동생도 없고 실종 사건에 연루된 적도 없지만, 실종에는 관심이 많았다. 자신이 당하고 싶은 게 바로 그거였기 때문이다. 정유가 독서 등 앞으로 돌아와 첫 장을 읽어 내려간 이유는 순전히 그거였다.

동생의 실종

1980년 5월 18일

동생은 아침부터 들떠 있었다. 제일 아끼는 분홍 원피스를 입고 레이스 달린 흰 양말을 신었다. 며칠 동안 고심해서 고른 친구의 생일 선물은 금빛 오선 위에 새겨진 음표 모양의 머리핀 세트였다. 동생은 두꺼운 도화지로 작은 선물 상자를 만들고 그 안에 엄마 몰래 이불 끝에서 뜯어낸 솜을 깔았다. 그 위에 알록달록한 머리핀 세트를 올리고 활짝 웃었다.

"선물은 자기가 갖고 싶은 걸 해 주는 거래. 큰오빠가 그랬어."

거울 앞에서 머리핀 하나를 자기 머리에 대보고는 이렇게 말했다. 포장을 마친 동생은 콧노래를 부르며 발끝으로 대문을 넘어섰다. 그러곤 나풀나풀 사라졌다.

원래는 화순 할머니 댁 모판 작업에 일손을 보태러 간 엄마를 대신해 내가 데려다주기로 돼 있었다. 하지만 한창 친구들과 어울리는 즐거움에 빠진 열한 살 동생은 키꺽다리 오빠 대신 올망졸망한 친구들과 모험을 떠나는 걸 선택했다.

마침 일요일이라 쉬고 싶던 참이긴 했다. 어제 있었던 체육대회 후유증 때문인지 쏟아지는 잠을 이기기 힘들었다. 작년에 이어 올해에도 나는 이어달리기 계주와 단거리 반대표 주자를 맡았다. 다른 사람들 앞에 나서는 게 무엇보다 싫은 나지만 달리기라면 달랐다. 내 숨소리를 들으며 바람을 가르는 일이라면 언제 어디서든 좋았다. 누군가의 응원을 받는 것도 나쁘지 않았다. 친구들이 내지르는 환호성에 내 숨소리가 묻히는 것만 뺀다면.

일어나 보니 점심시간이 이미 한참 지나 있었다. 동생이 돌아와 있어야 할 시간이었다. 그러나 친구 집에서 놀다 점심만 먹고 돌아오기로 한 동생이 돌아온 흔적은 없었다.

세 시가 다 되어 동생 대신 대문을 넘어선 건 옆집에서 하숙을 치는 성호 형 할머니였다.

"석아, 철아! 니들 어딨냐?"

할머니는 다급한 목소리로 나와 형을 찾았다. 부침개를 채반에 수북이 담아들고 들어오던 여느 때 모습하곤 달랐다. 할머니는 뭔가에 쫓기는 사람처럼 말을 더듬었다.

"니 형, 오늘은 나가지 말라고 해라이. 시방 바깥에 거 뭐이냐 계엄군이 쫙 깔려부렀어. 뭐냐, 시위하는 학생덜 개 패듯이 패고 다 끌고 간당께 니들 집에만 있어야 헌다. 니 엄니하고 아버지도 집에 없응께 절대 나대지 말고. 알겠냐?"

이미 형은 나가고 없었다. 내가 운동 벌레였다면 올해 고3인 형은 공붓벌레였다. 지금쯤 학교 도서관에서 공부를 하고 있을 거였다.

할머니를 안심시키기에 우리 집 상황은 별로 좋지 않았다. 모내기에 한창 바쁠 때라 엄마 아빠가 돌아오려면 며칠은 더 있어야 했고, 형이랑 동생은 이미 계엄군이 쫙 깔렸다는 밖에 나가 있는 상태였다.

그저께 도청 광장 횃불 시위 때 모여 있었던 사람들이 생각났다. 광장 한가운데 설치된 무대 위에서 머리에 띠를 두른 사람들이 큰 소리로 독재정권 타도를 외쳤고, 그 주위를 벌떼처럼 빙 둘러싼 사람들은 가슴을 쿵쿵 울리는 반주에 맞춰 노래를 불렀다. 그래도 경찰들은 지켜보기만 했었다. 형 말로는 작년에 부하의 총을 맞고 죽은 박정희 대통령에 이어 독재 시대를 또다시 시작하려는 전두환 무리에 시민들이 화가 많이 났다고 했다. 시위가 커지면 진압이 더 거칠어질지 모르니 조심해야 한다고도 했다.

형이 했던 말이 떠오르자 나는 가슴이 두근거렸다.

할머니의 당부는 아쉽게도 들어드릴 수 없었다. 우리 집과 대문이 나란히 붙어 있는 할머니 집 대문을 조심조심 지나쳐 큰길로 나섰다. 동생은 최루가스에 유독 약했다. 상황이 더 나빠지기 전에 동생을 집으로 데려와야 했다.

생일을 맞은 친구는 수창국민학교 근처에 산다고 했다. 우리 집에서 도보로 30분 거리였다. 일요일이라고 해도 거리에는 버스는커녕 다니는 사람이 별로 없었다. 멀리서 사람들의 함성이 이따금 들려올 뿐이었다. 할머니 말로는 오전에 전남대에 모여 있던 학생들이 광주역과 도청으로 흩어졌다고 했다.

동생 친구 집이 어딘지 확인해 두지 않은 것을 나는 뒤늦게 후회했다. 엄마 대신 데려다주지 않고 잠자기 바빴던 자신을 원망했다. 덕분에 내가 할 수 있는 거라곤 무작정 수창국민학교를 향해 걷는 것뿐이었다.

버스터미널이 가까워지자 인파가 늘어나기 시작했다. 그리고 멀리서 개구리 무늬 옷을 입은 군인 무리가 보였다. 그들은 하나같이 긴 총을 등 뒤로 엇갈리게 메고 있었다. 대낮에 총을 멘 군인들의 등장이라니. 손에 땀이 찼다.

금남로 2가쯤에 이르렀을 때였다. 멀리서 보았을 땐 정확히 군인들이 무엇을 내리치는지 알 수 없었는데 조금 더 가까이 가서 보니 그들이 있는 힘을 다해 내리치고 있는 건 사람이었다. 팬티만 입은 남자를 서너 명이 한꺼번에 달려들어 곤봉 같은 몽둥이로 내리치고 있었다. 속옷 바람의 남자는 금세 피투성이가 되었다. 나는 내 눈을 의심하지 않을 수 없었다. 군인은 나라를 지키는 사람들이라 했는데. 국민들을 위해 목숨까지도 바치는 사람들이라 배웠는데…….

그건 시작에 불과했다. 터미널 부근은 더 끔찍했다. 군인들은 지나가는 시내버스를 정차시키고 차 안에 타고 있던 사람들

을 끌어내렸다. 처음에는 젊은 사람들만 끌어내리더니 다음 버
스에서는 사람들을 몽땅 끌어내렸다.

"이봐요, 군인 나리들. 우린 학생도 아니고 그냥 여그 사는
시민일 뿐이요. 그냥 가던 길 가게 놔둬 주시오."

40대로 보이는 아저씨가 머리 위로 들었던 두 팔을 내리며 답
답하다는 듯이 말했다. 그러자 주변에 늘어서 있던 군인 예닐
곱 명이 먹이를 발견한 짐승처럼 순식간에 달려들었다. 아저씨
는 비명 한 번 지르지 못한 채 정신을 잃었다. 말리는 주변 사람
들에게도 닥치는 대로 곤봉 세례를 퍼부었다.

나는 멀찍이 물러서서 이 광경을 지켜보았다. 보고 싶어서가
아니라 발이 떨어지지 않아서였다. 아래턱이 덜덜 떨렸지만 움
직일 수 없었다.

"광주 놈들은 모조리 없애야 해. 빨갱이 새끼들, 겁도 없이
어디서!"

그들은 분명 이런 말들을 내뱉고 있었다. 14년째 살면서 내
눈과 귀를 이토록이나 의심해 보기는 처음이었다.

그들은 멈추지 않았다. 마치 피를 보고 더 흥분한 야수들처
럼 도망가는 젊은 사람들을 끝까지 뒤쫓아 군홧발로 짓이겼다.

그들이 사람들의 머리를 곤봉으로 내리칠 때마다 탁탁, 퍽퍽, 둔탁하고 묵직한 소리가 울렸다.

"왜 이러세요? 이분들은 그냥 볼일 보러 나온 시민이라고요."

파란 유니폼을 입은 버스 안내양이 군인을 막아섰다. 정류소에 정차하지 않고 지나려던 버스를 막아 세운 군인들이 운전자뿐 아니라 나이 많은 승객과 어린 승객까지 모조리 끌어내리자, 보다 못한 안내양 누나가 나선 것이다.

"네년은 뭐야?"

팔을 붙들린 군인이 안내양 누나의 팔을 뿌리치고 곤봉으로 내리쳤다.

"악!"

버스 아래로 굴러떨어진 안내양 누나는 더이상 움직이지 않았다.

그때 한 젊은 남자가 쓰러진 안내양에게 달려갔다. 꼼짝도 않는 안내양 누나를 흔들어 일으켜 세우려 했지만 곧 군홧발에 차여 바닥으로 나가떨어졌다. 그는 두 팔로 머리를 감싸고 군인의 곤봉을 피해 바닥을 굴렀다. 그러다가 어느 순간 오뚝이처럼 벌떡 일어나 내달리기 시작했다.

'앗, 이런!'

내 쪽이었다. 나는 화들짝 놀라 하마터면 오줌을 쌀 뻔했다. 얼른 주변을 살피다 옆 건물의 2층으로 뛰어 올라갔다. 계단 참 창문에서 내려다보니 젊은 남자는 얼마 못 가서 군인에게 잡히고 말았다. 내가 피신한 건물 바로 앞이었다.

순간 몸이 얼어붙었다. 그 젊은 남자는 내가 아는 사람이었다. 옆집 할머니 손자였다. 서울에 있는 대학에 붙었다고 동네 잔치가 벌어졌을 때 마당 한 가운데서 수줍게 웃던 성호 형이 틀림없었다. 덥수룩한 머리에 다부진 눈. 형은 일 년 사이에 많이 달라져 있었다.

군인에게 붙들린 성호 형은 눈을 내리깔았다. 온몸에 힘을 잔뜩 준 채였다.

"이봐요. 말로 합시다. 어린 학생들이 무슨 죄라고."

형 대신 먼저 쓰러진 사람은 흰옷을 입은 할아버지였다. 아까부터 내가 서 있던 곳에서 멀지 않은 집 대문을 열고 서서 터미널 쪽을 향해 혀를 차던 할아버지였다.

"저, 젓, 저 군인들이 미쳤나, 나라 지키는 군인들 맞나. 군인들이 어째 국민들한테……."

그러던 할아버지가 도망친 나와는 달리 달려오는 형을 향해 큰길가로 나선 것이다. 형을 몸으로 막아서며 말리던 할아버지는 곤봉 한 방에 꺾인 수숫대처럼 맥없이 쓰러졌다. 곤봉을 맞은 자리에 검붉은 피가 솟았다.

그러자 성호 형의 눈에 번쩍 불꽃이 일었다. 형은 길가의 돌을 집어 들고 군인에게 던지며 소리쳤다.

"죽일 놈들, 니놈들이 그러고도 우리나라 군인이냐? 악마 같은 놈들!"

그 형이 군홧발들에게 어떻게 끌려갔는지 나는 보지 못했다. 내가 창 밑에 주저앉아 우는 동안 둔탁하게 무언가 터지는 소리와 비명이 들려왔을 뿐이다.

지옥이 따로 없었다. 왜 우리 동네가 불지옥이 된 거지? 뭘 잘못했길래……. 저 형은 공부를 잘해 서울로 공부하러 갔다가 고향에 다니러 온 죄밖에는 없다. 아니면 쓰러진 안내양을 일으켜 주려 한 죄밖에는 없다. 그리고 흰 적삼을 정갈하게 차려입고 대문 밖 큰길가로 나선 할아버지는 젊은이를 지켜 주려 한 죄밖에는 없다. 그것도 죄라면 말이다.

"니들도 공부 열심히 해라이. 그라믄 서울도 가고 훌륭한 사람도 되는 겨. 그러다 보믄 좋은 시상도 오는 벱이여."

소쿠리 가득 찐 옥수수를 담아 마루에 내려 놓던 옆집 할머니의 주름진 미소가 떠올랐다. 가슴이 찢어진다는 게 이런 기분인가. 건물 밖은 여전히 아수라장이었다. 하지만 나가야 했다. 수창국민학교 근처 어디선가 동생이 살려달라고 울고 있을지도 몰랐다. 일단은 희야를 찾아야 했다.

아, 엄마 아빠에게 먼저 알려야 하나. 머릿속이 복잡해졌다. 아니면 형 학교에 찾아가서 도움을 구해야 하나. 아니다. 여기저기 움직이다 보면 나뿐 아니라 자칫 형까지 위험해질 수 있었다. 무엇보다 부모님께 걱정을 끼쳐서는 안 되었다.

동생을 찾는 게 내 몫임이 분명해졌다. 계단을 내려가는 두 다리가 후들거렸지만 나는 희야를 생각하며 이를 악물었다.

수창국민학교 쪽 사정도 비슷했다. 거리는 어디나 아수라장이었다. 전남대 정문이 가까워지면서 최루탄 가스 냄새가 점점 더 짙어졌다. 아, 안 되는데……. 동생은 유독 폐가 약했다. 최루 가스를 맡으면 버티질 못하고 토악질을 하다 정신을 잃었다. 대학생 시위 소식이 전해지면 엄마가 동생부터 챙기는 게 그 때문이었다. 심한 날은 조퇴를 시켜서라도 집에 있게 했다. 엄마 아빠가 나이 들어 얻은 막내인 만큼 온 가족이 조심스러웠다. 그런 막내가 최루탄과 군홧발과 진압봉이 난무하는 거리에서 헤맬 생각을 하니 가슴이 타들어 갔다.

수창국민학교 횡단보도에서 차가 별로 없는 틈을 타 무단횡단이라도 할까 생각 중이었을 때였다. 횡단보도 옆 3층 건물에서 사람들이 쏟아져 나오는 기적이 들렸다. '동아일보'라는 간판이 붙은 건물이었다.

"살려줘요. 저 진짜 데모 안 했어라. 여그 직원이어라."

계단 위로 질질 끌려 나오던 남자는 마지막 힘을 짜내듯 말했다. 이미 머리와 윗옷이 피투성이가 된 채였다. 이어 두세 명이 더 끌려 나왔다. 한눈에 봐도 대학생이 아닌 나이 든 사람이거나 고등학생으로 보이는 학생이었다. 군인들이 얼마나 짓밟았는지 이미 온몸이 피범벅이 된 채였다.

순간 길가의 돌멩이가 눈에 들어왔다. 아까 그 형보다는 목표물과 멀리 떨어져 있으니 어쩌면 돌로 그들을 맞힐 수 있을지 몰랐다.

내 주변에 엄폐물이 없다는 사실을 잠깐 잊은 데다 치받치는 분노 때문에 안 그래도 또래보다 큰 덩치가 더 부풀어 오른 모양이었다. 내가 그들의 눈에 띄고 만 것이다. 실신한 사람의 두 발을 시체 끌 듯 끌고 가던 군인 중 한 명이 나를 보고 뭐라 소리쳤다. 그러곤 나를 향해 달려오기 시작했다.

내가 할 수 있는 건 달리는 것밖에는 없었다. 잡히면 어떻게 되는지는 이미 잘 알고 있었다. 내 귀에 들리는 건 군인의 쌍욕과 군홧발 소리, 그리고 그보다 더 요란하게 울리는 내 심장 소리였다. 운동장에서 아이들의 환호와 바람을 가르는 소리를 들으며 달렸던 건 명백한 천국의 경험이었음을 나는 비로소 뼈저리게 느꼈다. 이건 딱, 지옥으로부터 날 구원하기 위한 생존의 달리기였다.

얼마나 뛰었을까. 누군가 내 팔을 낚아챘다. 동시에 드르륵 착, 요란한 소리와 함께 빛이 사라졌다. 어둠과 군홧발 소리. 쾅쾅쾅 쾅쾅쾅, 셔터문 두드리는 소리. 들어본 적 없는 극악의 욕설을 뱉으며 멀어지는 군인의 발소리.

작은 알전구에 불이 들어오자 실내가 눈에 들어왔다. 이제 들리는 건 헉헉거리는 내 숨소리뿐이었다.

"어린 학생이 겁도 없이. 집에서 나가지 말란 말 못 들었니? …… 지금 밖은 너무 위험해. 제정신이 아냐, 저들."

뭔가 아기자기한 수공예품을 만들어 파는 가게인 것 같았다. 한쪽 벽에 손으로 만든 듯한 청동 거울들이 사이즈별로 걸려 있었고 진열장에는 액세서리와 시계 같은 소품들이 보였다. 달리고 있는 내 팔을 우악스럽게 잡아채 셔터를 내린 건 삼사십 대쯤 돼 보이는 아주머니였다.

"동생이…… 아침에 집을 나간 뒤에…… 돌아오지 않고 있어요. 그래서……."

나는 숨을 몰아쉬며 겨우 대답했다.

"그랬구나. 비상계엄령 떨어졌단 얘긴 들었는데 이 정돈지 누가 상상이나 했겠니. 세상이 미쳐도 한참 미쳤지. 애들은 절대 밖에 나오면 안 돼. 나도 그만 들어가려고. …… 집이 어디니?"

아주머니 집은 우리 집에서 멀지 않은 곳이라고 했다. 아주머니는 작은 트럭 옆자리에 나를 태웠다.

"조금 전에 통금시간을 9시로 앞당긴다는 뉴스가 나왔어. 동생이 집에 와 있을지 모르니 가 보고, 아니면……."

아니면…… 아닐 수도 있는 걸까. 아직 여섯 시가 조금 넘었을 뿐이다. 동생을 찾지 못했는데 이대로 집으로 돌아가도 되는 걸까. 희야의 흰색 레이스 양말이 떠올랐다.

아…….

흩어진 시위대를 이 잡듯 찾는 계엄군의 수색 작업은 계속되고 있었다. 트럭 안에서 바라보는 세상은 낯설었다. 여전히 사람들이 맞고 밟히고 끌려갔다. 개구리 군복과 철모로 무장한 군인들이 어디로 튈지 모르는 독개구리처럼 상점이고 다방이고 이발관이고 할 것 없이 닥치는 대로 뛰어들어가 젊은 사람들을 끌고 나왔다.

멀리 우리 집 골목이 보이기 시작하자 다시 눈물이 날 것 같았다.

집 안에 누군가 다녀간 흔적은 없었다. 나는 불 꺼진 집 안으로 선뜻 들어가지 못하고 마당을 서성였다. 가족이 뿔뿔이 흩어진 이 상황이 꿈만 같았다. 단정하게 차려입고 나간 교복이 엉망이 된 채로 황급히 대문을 넘어서 빗장을 지르는 형을 보았을 때는 지옥 속 신기루를 마주친 기분이었다.

막내가 없는 집에서 저녁밥을 먹고 밤을 맞는 일은 낯설고 괴이쩍었다. 늘 아홉 시만 되면 투덜거리며 잠자리에 들던 막내가 오늘은 아홉 시가 됐는데도 조용했다. 막내의 실종을 어떻게 받아들여야 할지 나에게 가르쳐 준 사람은 아무도 없었다. 고3

이나 된 형도 크게 다르지 않아 보였다. 내가 우겨서 성호 형 할머니네 전화기를 빌려 부모님과 통화를 시도했지만 외부와의 통신은 끊긴 상태였다.

통행금지 사이렌이 울리고 한참이 지난 뒤에도 우린 한마디도 할 말을 찾지 못했다. 성호 형이 집에 들어오지 않았다고 한참 수선을 피우고 돌아간 옆집 할머니 앞에서도 나는 아무 말할 수 없었다. 서울의 대학에 휴교령이 내려지면서 갑자기 내려온 성호 형의 손을 붙잡고 덕분에 손주 얼굴을 보게 됐다고 반색하던 할머니였다. 그런 할머니 앞에서 내가 본 장면을 표현할 수 있는 단어를 나는 한 개도 찾아내지 못했다.

1980년 5월 18일. 결코 내 일생에서 지워질 수 없는 하루가 무거운 침묵 속에서 스러져 가고 있었다.

우리는 알고 어른은 모르는

우리가 흔히 학폭이라 부르는 모든 사례가 어쩌면 비슷할지 모른다. 가랑비에 옷 젖듯 처음엔 대수롭지 않은 일들로 시작한다는 점. 그게 폭력이라는 걸 알아챘을 땐 이미 온갖 오물로 흠뻑 젖은 뒤라는 것도……

정유는 동욱과 유치원 때부터 친구였다. 동은 달라도 같은 아파트에 살았다. 동욱이와 동욱이 엄마, 그리고 정유와 정유 엄마. 이렇게 넷이 자주 어울렸다. 빠듯한 살림에 맞벌이를 하는 엄마들은 번갈아 가며 서로 빈자리를 채워 주었다. 유치원 종일반을 맡아 놓고 했던 정유와 동욱이를 하루는 정유 엄마가, 하루는 동욱이 엄마가 데리러 왔다. 병원에서 3교대를 하던 정유 엄마가 둘을 데리러 온 날엔 은박지에 싸 온 군고구마나 감자만두를 손에 하나씩 쥐어 주곤 했다.

동욱이는 친구들을 금방 사귀었다. 한쪽 구석에서 혼자 교구를 갖고 노는 정유와 달리 동욱이는 늘 친구들에게 둘러싸여 있었다. 레고를 잔뜩 쌓아 놓은 아이들일 때도 있었고, 점토를 조몰락거리는 애들일 때도 있었다. 가끔 아이들과 시비가 붙을 때면 우는 쪽은 꼭 동욱이가 아닌 다른 아이였다.

그랬다. 둘은 많이 달랐다. 둘을 이어 주는 자매 같은 엄마들이 아니었다면 처음부터 연결될 가능성은 제로에 가까운 조합이었다.

동욱에게 정유의 존재감이 도드라지기 시작한 건 아마도 5학년 때부터였을 것이다. 자식 교육에는 그다지 관심이 없어 보였던 두 엄마가 느닷없이 대학 부설 영재 교육원에 둘을 들이밀려 할 때부터 일이 꼬이기 시작했다. 정유는 붙었고, 동욱이는 떨어졌다.

"자식, 영재였네. 떡볶이 쏴라."

동욱이는 웃고 있었다. 손을 내밀면 단박에 베일 것 같은 날카로운 웃음이었다. 그 후로 놀이터에서 마주쳐도 모른 척하거나 입을 비쭉거리는 동욱이를 볼 때마다 정유는 자동적으로 그 서늘한 기억을 떠올렸다.

같은 중학교에 입학할 때까지도 둘은 줄곧 소원했다. 가끔 엄마들과 함께 감자탕이나 돈가스를 먹기도 했지만, 그때마다 둘은 각각 다른 게임에 빠져있었을 뿐이다. 동욱과 엮이지 않은 것만으로도 그때가 자신의 전성기였다는 걸 정유가 미처 몰랐을 때였다.

암 투병으로 사람들 앞에 나서기를 꺼리면서 정유 엄마는 동욱이 엄마와도 자연스럽게 멀어졌다. 원래도 다른 사람들과 잘 어울리지 않았지만 엄마의 병이 정유네 가족을 더욱 고립시켰다. 그렇게 엄마는 딱 두 사람의 배웅을 받으며 하늘나라로 갔다. 일 년 전 일이었다.

엄마가 살아 있었다면 동욱이가 함부로 하지 못했을까. 정유는 가끔 그게 궁금했다. 엄마를 이모라 부르며 돈가스와 감자만두를 나눠먹었던 동욱에게 엄마의 부재는 자신을 함부로 대할 수 있는 프리패스 티켓 같은 건지도 모른다는 생각을 지울 수 없었다.

2학년 등교 첫날 눈이 마주쳤을 때만 해도 정유에게 동욱은 우연히 다시 만난 유치원 동창이자 반 구성원 중 하나일 뿐이었다. 그러나 잠시 당혹스러워하던 동욱의 눈이 반짝 빛나고부터는 모든 게 달라졌다. 동욱이는 재빨리 자기 무리를 형성했다. 어려서부터 주변에 친구들을 쉬이 몰고 다니던 동욱이에게 그건 일도 아니었다.

문제는 정유였다. 엄마를 잃은 후 자신을 지탱해 주던 견고한 끈이 떨어지면서 바람 부는 대로 부유하던 정유가 그 무리에 끼인 것이다. 점심시간이 되자 동욱이는 급식을 거르기 일쑤인 정유의 팔을 잡아끌었다. 얼결에 따라간 정유는 동욱이가 급식 줄을 서지 않는다는 사실을 알게 됐다. 동욱이가 제 무리를 이끌고 급식 줄 앞부분에 끼어들면 먼저 줄을 서 있던 아이들은 원래 그러기로 돼 있다는 듯 금세 자리를 만들었다. 노닥거리다 늦게 급식실을 찾아도 동욱의 무리는 늘 앞줄에 끼어들었다.

"정유, 좀 많이 먹어야겠다. 유치원 때부터 비실비실하더니 그동안 못 얻어먹고 살았냐?"

순간 정유의 눈빛이 날카로워졌고 동욱이도 주춤했다. 0.5초 동안 둘 다 정유 엄마를 떠올린 게 분명했다.

"야, 야. 이제부턴 이 형이 너 먹을 거 책임진다. 잔소리할 사람 없으면 좋지 뭐."

시뻘건 육개장 국물이 담긴 급식 판으로 동욱이 머리통을 갈겨 주고 급식실을 박차고 나왔어야 했다. 정유는 그때 그러지 못한 걸 두고두고 후회했다. 그러나 순간의 분노를 다스리는 게 매번 더 큰 이익으로 돌아온다는 걸 정유는 동욱이 무리에 끼고 난 다음 터득했다. 가만히 있어도 아이들은 정유를 함부로 대하지 못했다. 심지어 여자애들조차도 정유에게 잘 보이고 싶어 했다. 동욱이와 친하다는 이유만으로 아이들은 정유에게 우호적이었다.

그건 인기하고는 조금 다른 거였다. 건드리지 않는 게 여러모로 편하다는 걸 터득한 아이들의 생존 전략 같은 거였다. 타고난 피지컬과 즉물적으로 대응하는 동욱의 존재감이 같은 학년뿐만 아니라 선배들에게도 요주의 대상이 되고 있다는 걸 정유는 뒤늦게 알았다. 작년에 잠시 학교를 떠들썩하게 했던, 중3 형과 붙어 이긴 중1짜리 녀석이 자신이 아는 김동욱이었다는 것도 정유는 최근에 알았다.

동욱이 무리에 낀 지 얼마 안 되었을 때였다.

점심으로 먹은 잔치국수는 소화된 지 오래였다. 매점을 찾았지만 무리 중 돈을 가진 아이가 아무도 없다는 걸 알고 동욱은 대놓고 인상을 썼다. 그러더니 다짜고짜 매점에 들어가 빵과 과자를 집어 들고 계산대 앞에 줄을 선 아이들 중 한 명에게 다가갔다.

"배고파 죽을 거 같다. 돈 좀 빌리자. 이것도 같이 계산해 줘."

동욱이에게 간택당한 친구는 반에서 있는 듯 없는 듯 조용한 친구였다. 그 친구는 살짝 인상을 썼지만 곧 그러겠다고 했다. 모기만 한 소리로 나중에 꼭 갚으라고 금액을 알려 주고는 계산한 과자와 빵을 동욱에게 건넸다.

동욱에게 간식을 조달하는 새로운 루트가 생긴 건 그때부터였다. 대부분의 아이들이 넘지 않는 선이었지만, 동욱에게 그 선은 이미 안중에도 없었다. 한 번도 빌린 돈을 갚지 않았지만 아무도 문제 삼지 않았다. 딱 한 명만 빼고.

한아라는 이름을 가진 여자아이였다.

"한아야, 햄버거 하나만 사 먹게 돈 좀 빌려주라. 한아는 한 아니까 하나쯤 사 주겠지?"

만약 다른 친구가 한아에게 그렇게 말했다면 결과는 달랐을
수 있다. 하지만 대상은 당연히 통하리라 여기고 침부터 흘리는
동욱이었다.

"너 안 갚을 거잖아. 빌린다고 하고 먹고 나서 입 닦는 애한
텐 하나는 고사하고 반 개도 못 줘."

"어쭈, 얘 간 크네."

"이게 뭘 잘못 먹었나."

동욱이 대신 한아를 칠 것처럼 다가선 건 동욱이 무리였다.

"지지배, 치사하긴. 그래, 나도 안 먹는다. 한아 꺼 하나 먹어
주려 했더니."

그때 정유는 보았다. 무섭게 구겨진 동욱의 표정이 단박에
웃음으로 바뀌는 걸. 3년 전 "너 영재구나. 떡볶이 쏴라"할 때
처럼 칼날 같은 웃음이었다.

정유의 직감이 맞았다. 그 후로 한아는 동욱의 먹잇감이 되었
다. 비닐 재질의 필통을 열다가 그 안에 가득 차 있던 우유 세례
를 받아야 했고, 없어진 실내화 한 짝을 찾아 양말 바람으로 2
층 신발장을 뒤져야 했다. 죽은 개구리가 자신의 사물함에 대자
로 누워 있는 걸 발견한 날은 비명을 지르며 울음을 터뜨렸다.

한아는 그걸로 패배를 인정했다. 그러곤 한동안 점심시간마다 과자를 한 봉지씩 사서 동욱이 책상 위에 올려놓았다.

"이럴 필요까진 없는데. 주는 성의가 있으니 뭐……."

동욱은 으드윽으드득 요란한 소리를 내며 과자를 씹었다.

곁에서 지켜보는 동욱의 만행은 갈수록 가관이었다. 자신에게 대든 친구는 흙투성이 교복 차림으로 집으로 돌아가야 했다. 동욱은 딱 학교에서 문제 삼지 않을 정도로만 애들을 괴롭혔다. 간혹 선생님께 이르는 아이들이 있었지만 동욱을 당해내진 못했다. 선생님들 눈에 동욱은 짓궂지만 친구들에게 인기 많고 리더십 많은 아이였고, 이제 맘 잡고 공부에 열을 올리는 기특한 학생이기도 했다.

동욱의 수행평가와 시험 점수를 올리는 게 정유 몫이란 걸 모르는 아이는 없었다. 공부를 꽤 하는 편인 자신을 무리에 영입한 게 이러한 극적 연출 때문이란 걸 정유도 순순히 받아들였다. 저항하고 싶었다 해도 정유가 할 수 있는 건 없었다. 도움을 구할 사람도 없었다. 아이들 세계에 어른들이 개입하는 게 얼마나 무모한 일인지 8년째 학교생활을 해온 아이들은 이미 잘 알고 있었다. 그건 어른들도 다르지 않았다. 학폭 사건을 장난과 우발적 사고로 무마하려는 선생님들도 모두 자신들의 한계를 알고 있는 어른일 뿐이었다.

혼자 견뎌야 한다. 일주일에 한 번씩 과자봉지를 나르면서. 혹은 게임 레벨을 대신 높여 주거나 수행평가 피피티(PPT)를 하나 더 만들면서.

"야이씨, 내 계정 어쩌다 노출된 거야? 겨우 모은 아이템 다 날렸잖아. 아, 씨바······."

정확히 말하면 정유가 모은 아이템이었다. 오프에서 하는 몸싸움과 달리 게임에 소질이 없는 동욱이는 정유에게 계정을 맡기고 점수를 올렸다. 계정을 해킹당해 랭킹 밖으로 밀려나자 동욱은 만렙을 찍기 전엔 손 뗄 생각 말라며 정유에게 으름장을 놓았다.

동욱이 무리가 먹을 봉지라면을 채워 놓고 아빠가 시장에서 사 놓은 갓 익은 김치와 함께 무리의 턱 앞에 라면 냄비를 바치는 것보다 더 굴욕적인 게 그거였다.

좋아하던 게임을 즐기면서 할 수 없다는 거.

정유가 게임을 좋아한 건 오직 게임 속 세상에서 살아남기 위해 사투를 벌이는 단순함 때문이었다. 그런데 이젠 그걸 기대할 수 없게 된 것이다. 정유는 동욱의 레벨을 올려 주기 위해 온몸의 근육을 흔들어 대는 자신의 생존본능이 역겨웠다. 민트초코 녀석 덕분에 순식간에 바닥나는 라면과 김치 걱정을 덜게 된 건 사실이었다. 그러나 오프와 온라인을 넘나들며 오로지 살아남기 위해 온몸의 근육과 신경을 곤두세우고 미지의 적을 향해 총을 갈겨야 하는 상황이 정유를 못 견디게 우울하게 만들었다.

정유는 오늘 저녁 열이 있다는 핑계로 녀석들과 동행하지 않았다. 진짜 열이 나는 것도 같았다. 어제 아빠의 책방에서 본 희미한 불빛과 누군가의 기록도 열 때문에 본 헛것이었을까. 아니면 그 이야기가 내 안에 또 다른 열을 지핀 걸까. 정유가 유일하게 다니는 수학학원을 마치고 무리를 따돌린 채 책방으로 달려온 건 무엇보다 실종된 동생의 행방이 궁금했기 때문이다.

책방은 불이 꺼진 채였다. 요즘 부쩍 아빠의 퇴근이 빨라졌다. 대신 멍하니 텔레비전을 보는 시간이 길어졌다. 매년 이맘때면 아빠의 말수가 더 적어진다는 걸 정유는 알고 있었다. 엄마는 그걸 두고 '오월 앓이'라 불렀다. 그게 아니어도 아빠는 엄마의 죽음 이후로 아예 정유가 뭘 하고 다니든 신경 쓰지 않는 눈치였다. 정유는 그런 무심함이 다행스러우면서도 서운했다.

정유는 불을 켜지 않은 채 작은 나무 책상에 앉았다. 어제 읽다 만 가제본 책이 꽂힌 자리를 눈으로 찾았다. 바로 가서 다시 확인할까 싶었지만 왠지 기다려야 할 것 같았다.

불빛이 새어 나온 건 정유가 깜빡 졸다 눈을 떴을 때였다. 의자에서 몸이 저절로 튕겨 나갔다. 어제는 희미하게 활자 자국만 있던 2장이 오늘은 까만 활자로 변해 있었다. 정유는 어제 읽었던 1장에 이어 2장을 읽어 나갔다. 가슴이 두근거렸다.

투명 망토가 필요해

1980년 5월 19일

눈을 뜨니 사방이 조용했다. 그래. 어제 있었던 일은 꿈이었던 거야.

언뜻 본 시계는 7시 20분을 가리키고 있었다. 나는 다시 눈을 감았다. 그러나 5초 만에 벌떡 일어났다. 조용하면 안 되는 거였다. 엄마가 끓여 놓고 간 국을 데우고 동생들 것까지 도시락을 싸느라 형이 난리법석을 떨어야 했다. 빨간 하트 모양 머리핀 한 짝을 찾아 동생이 온 집 안을 헤집고 다녀야 했다.

부엌에서 달그락거리던 형이 퉁퉁 부은 눈으로 나를 흘긋 바라보는 것으로 모든 것이 분명해졌다. 어제 일은 꿈이 아니었다.

"형, 어디 가?"

"학교. 가서 어떻게 돌아가는지 상황부터 알아보고 희야도 찾아야지."

희야가 무슨 강아지야? 나는 하마터면 소리를 지를 뻔했다. 동생을 찾는 게 먼저여야 했다.

"철아, 넌 집에 있어. 형이 희야 선생님께 친구네 연락처 알아보고 경찰서에 실종 신고도 할 테니까 넘 걱정 말고."

경찰은 우리 편일까? 어제 본 군인들의 모습이 떠올라 나는 진저리쳤다. 내가 알고 있던 것들을 여전히 믿어도 되는지 혼란스러웠다.

"형이 좀 있다 확인할 거야. 집에 꿈쩍 말고 있어야 해."

눈을 부라리는 형을 나는 외면했다. 엄마 아빠가 있어도 호랑이 같기는 형이 으뜸이라는 걸 알고 있었다. 집안의 대소사를 억척스럽게 해치우는 엄마조차도 형 말이라면 꼼짝을 못 했다. 시장에서 청과물을 파는 엄마 아빠는 시골 농사일이 바쁠 때면 며칠씩 가게 문을 닫고 할머니를 도왔다. 과수원을 겸하는 할머니를 돕고 과일도 헐값으로 떼 왔다. 그때 우리 끼니를 챙겨 주는 건 형이었다. 나와 동생 공부를 챙겨 주는 것도 형이었다. 나이 차도 많이 나는 형의 말을 거스를 빙도는 없었다.

"하지만 희야가……."

나는 말끝을 흐렸다. 밤새 동생이 집에 돌아오지 않았다는 사실이, 세상이 곧 무너진다는 소식보다 무섭고 비현실적으로 다가왔다.

"형이 찾을게."

형은 내 어깨를 꽉 잡았다 놓았다. 형이 나보다 어른 같다는 사실을 부정할 순 없었다.

형이 가방을 메고 나간 뒤 나는 대문을 나섰다. 학교에 가 볼까 하다가 어제 같은 상황이라면 큰길에 나서는 건 피해야 할 것 같아 그만두었다. 무엇보다 희야를 찾는 게 먼저였다.

옆집 대문은 굳게 잠겨 있었다. 여느 때 같으면 해 뜨기 무섭게 반찬이라도 한 가지 대접에 담아 우리 집 대문을 넘어섰을 할머니였다. 굳게 잠긴 대문이 나를 나무라는 것만 같아 마음이 무거워졌다.

나는 대문을 두드렸다. 끌려가던 성호 형이 떠올라 손에 땀이 찼다. 어떻게 말해야 할지 뾰족한 수는 없었지만 그래도 입을 다물고 있는 건 나쁜 짓 같았다.

삐걱 문이 열렸다. 눈만 내밀고 밖을 내다본 건 이마의 여드름 자국부터 눈에 띄는 하숙생 형이었다. 오가다 몇 번 본 적 있는 형이었다.

"무슨 일이니?"

"할머니 계세요?"

"할머니 아침 일찍 나가셨는데. 어젯밤 성호 형 안 들어와 걱정이 이만저만이 아니셔. 경찰서든 병원이든 가 본다고."

여드름 형은 내 등 너머로 휜 골목을 살피더니 문을 조금 더 열었다. 그러자 양 뺨의 붉은 여드름이 드러났다.

"너도 나다니지 마라. 도청 앞 금남로에 사람들이 구름처럼 몰려들었다는데 경찰이나 시위대나 목숨 걸고 맞서나 보더라."

형은 속옷 바람이었다. 어제 피 묻은 속옷을 입은 채 끌려가던 남자가 떠올라 나는 고개를 돌렸다.

"네 동생 아직 안 들어온 거야?"

나는 고개를 끄덕였다.

"넌 위험하니까 집에 있고, 네 형보고 경찰서나 병원 가 보라

그래라. 병원에 다친 사람 천지라던데."

병원이라는 말에 가슴이 덜컥 내려앉았다. 알지도 못하면서.
무시하고 대문을 지나치는데 여드름 형이 따라 나올 듯 급하게
덧붙였다.

"실은……, 나 어제 네 동생이랑 비슷한 애 봤다."

"네?"

내 몸이 저절로 형을 향해 튕겨 올랐다.

"제 동생을요? 어디서요?"

여드름 형은 입술을 한 번 혀로 적시더니 결심한 듯 말했다.

"병원에 가 보는 게 좋을 거야. 어제 터미널 근처 버스 정거장
에서 네 동생이랑 비슷한 애를 봤는데……."

"그런데요?"

나는 무섭게 다그쳤다.

"계엄군들이 막 버스 승객들 잡아 끌어내리는데 애 어른 안
가리더라고. 그 새끼들이 곤봉을 막 휘두르는 바람에…… 좀
많이 다친 거 같던데……."

"부, 분홍색 원피스 맞아요? 까만 구두 신은 애 맞냐고요."

"자세히는 못 봤는데 나풀나풀한 치마 입고 머리는 어깨까지

내려오는 단발에 구두를 신었던 거 같던데……."

피가 거꾸로 선다는 게 이런 거였나. 그 애가 희야든 아니든 내가 서 있는 곳은 이미 지옥이었다.

형이 뭐라 더 말하고 있었지만 나는 이미 우리 집 대문을 넘어섰다. 나서려면 뭔가 준비를 해야 했다. 어제처럼 무방비 상태로 덤빌 수는 없었다.

친구 따라 가 본 교회에서 그림책으로 본 골리앗이 떠올랐다. 무장한 거인 골리앗을 돌멩이로 이긴 가냘픈 소년 다윗의 이야기였다. 그들은 무지막지하고 파렴치한 골리앗들이다. 내가 그들을 이길 수는 없다. 그래도 정신 차려야 한다. 정신 차려야 한다. 다윗이라면 이럴 때 어떻게 했을까. 아 씨, 어떻게 해야 하는 거야.

벽장에서 작은 배낭을 꺼냈지만 뭘 넣어야 하는지는 알 수 없었다. 내가 둘레둘레 챙길만한 것을 찾고 있을 때 누군가 벌컥 대문을 열고 들어왔다.

형이었다.

"형!"

"철아!"

우리는 잠깐 상대방이 먼저 말하길 기다렸다. 다급해 보이는 형이 먼저 말문을 열었다.

"지금 밖은 난리다. 학교에서도 위험하다고 수업하다 말고 애들 다 보내 주고 집에 꼼짝 말고 있으라더라. 선생님들은 말렸지만 애들이 다 도청으로 몰려가고 있어. 대학생들이나 어른들만으론 군인들을 막을 수 없어. 철아, 희야네 선생님도 희야 친구들 부모랑 연락이 안 된대. 혹시 연락되면 성호 형 할머니네 전화로 연락 주기로 했으니까 네가 잘 받아. 형은⋯⋯."

"형, 희야가 병원에 있을지도 몰라. 옆집 형이 희야랑 비슷한 애가⋯⋯ 다치는 걸 봤대."

더 이상 참을 수 없어진 내가 끼어들었다.

형의 눈이 커졌다. 아직 5월인데도 형의 얼굴은 이미 땀범벅이었다.

"어느 병원?"

"그건 나도 몰라."

"⋯⋯ 알았어. 철아, 넌 여기 꼼짝 말고 있어야 해. 누가 문 두드려도 열어 주지 말고. 형 말 꼭 들어. 우리 다 위험해지면⋯⋯ 안 돼. 엄마 아빠 생각해서 넌 꼭 집에 있어. 약속해. 형이 희야

꼭 데려올 거니까."

형은 빠르게 짐을 꾸렸다. 얼핏 보니 물통과 여벌 옷, 그리고 평소 운동할 때 쓰던 아령 따위 들이었다. 형은 잠깐 망설이더니 교련 시간에 쓴다는 삼각붕대도 챙겼다.

형을 이길 수 없으리란 걸 알기에 일단 고개를 주억거렸다.

나는 얼른 부엌으로 들어가 밥통을 열었다. 소금과 깨를 뿌리는 내 손이 떨렸다. 밥상 위에 깨소금이 흩어졌다. 그래도 희야랑 엄마를 따라 몇 번 뭉쳐본 게 도움이 됐다. 두 손을 모아 밥을 꽁꽁 뭉치니 눈덩이 같은 흰 주먹밥이 만들어졌다.

"형, 이거. 이거 갖고 가."

형은 씨익 웃으며 깨소금 주먹밥 두 알을 엄마가 모아 놓은 빈 라면 봉지에 담아 가방에 넣었다. 그러곤 내 어깨를 한 번 더 쥐었다 놓았다. 아까와는 비교가 안 되게 아팠다. 나는 이를 깨물었다.

형이 집을 나선 뒤 조금 있다가 나도 집을 나섰다. 결국 작은 손가방 하나만 챙겨 든 채였다. 동생만 찾아 바로 집으로 돌아오면 된다. 대신 주먹밥을 두어 개 더 싸서 뱃속에 저장했다. 남은 밥은 납작하게 뭉쳐 엄마가 소풍 갈 때 김밥을 싸 주던 은박

도시락에 담아 손가방에 넣었다. 희야를 위한 거였다. 잠깐 망설이다 엄마가 발라줄 때마다 몸서리치던 빨간약과 반창고도 챙겼다. 물통도 하나 챙기자 아무것도 챙기지 않았을 때보다 마음이 놓였다.

성호 형 할머니 집은 조용했다. 문을 두드려도 이젠 아무도 나와 보지 않았다. 혹시 동생이나 형이 이곳으로 전화하면 연락해 달라고 부탁할 참이었는데. 밖에서 급한 일이 생기면 우리 가족이 연락하는 곳이 할머니네 집이었다. 하숙생들 밥을 해 주며 혼자 사는 할머닌 아직 전화기가 없는 우리 집 전화기 역할을 마다하지 않았다. 그러나 할머니가 없는 할머니 집 전화는 먹통일 뿐이었다.

골리앗보다 더 크고 잔혹한 누군가가 도시 전체를 통째로 들어 올려 사정없이 흔든 것만 같았다. 단 이틀 만에 있어야 할 것들이 제자리에서 이탈해 있었다. 동생도, 형도, 나도 그리고 성호 형 할머니와 성호 형도 모두 다.

하루 만에 거리는 더 어수선해져 있었다. 다니는 사람은 어제보다 줄었지만, 거리 곳곳에 붙은 하얀 현수막과 바닥에 흩어진 전단들이 어제보다 상황이 더 안 좋아졌다고 경고하고 있었다.

'민주주의 사수하자.'

'비상계엄 해제하라.'

급하게 쓴 것처럼 비뚤비뚤한 글씨였다. 희야가 봤다면 어른들이 자기보다도 글씨를 못 쓴다고 엄마를 흉내 내며 혀를 찼을 거였다.

바닥에 나뒹구는 전단 한 장을 집어 들었다. 계엄군의 약탈과 만행은 시민들을 분열시키기 위한 것이니 시민군을 믿고 단결하자는 내용이었다. '수습대책위원회'라는 사람들이 쓴 거였다. 매일 오후 도청 광장에 모여 범시민 궐기대회를 연다고 했다. 이틀 전 밤에 도청 광장에서 다 함께 노래를 부르던 게 생각났다. 그땐 엄마 아빠 그리고 희야도 함께였다.

아, 다시 이틀 전으로 돌아갈 수만 있다면…….

어느 병원부터 가봐야 할까. 적십자 병원이라면 엄마와 버스를 타고 가 본 적이 있다. 하지만 지금은 버스가 거의 다니지 않는다. 전남대병원은 조금 더 멀었다. 걸어서 갈 수 있다 해도 개구리 군복이 어디서 튀어나올지 몰라 겁이 났다. 나는 잠시 고민에 빠졌다.

어렸을 때 여섯 시 텔레비전 시청 시작 시간만 되면 텔레비전에서 나오는 애국가를 따라 부르고 곧바로 빠져들던 만화영화가 생각났다. 투명망토를 입은 투명 인간이 악당을 물리치는 이야기였다. 투명망토만 있으면 희야를 찾아 어디든 갈 수 있을 텐데. 그리고 골리앗 녀석들의 뒤통수를 갈기고 죽어라 튀지 않아도 될 텐데…….

투명망토는 아니지만 나를 데려다 줄 구원자가 나타났다. 텅 빈 골목을 걸으며 대책 없는 상상에 빠져들 때였다.

빵빵!

어제 그 수공예 집 아주머니였다.

"애, 너 겁 없이 또 나온 거야? 아, 동생 아직 못 찾은 거니?"

아주머니는 트럭 창문을 내리고 걱정스럽게 물었다.

"동생이 병원에 있는 거 같아요. 본 사람이 있대요."

어느새 나는 동생이 병원에 실려 간 걸 사실로 믿고 있었다. 내가 상상할 수 있는 다른 답은 없었다.

"그래? 그럼 어서 타. 나도 마침 병원 가는 길이니 잘됐네."

어느 병원인지 묻는 건 의미 없었다.

두 번째 앉는 아주머니의 트럭 옆자리는 친숙했다. 투명 망토를 두른 것처럼 든든하기까지 했다.

"큰길은 계엄군이 막고 있어. 천변 쪽으로 돌아가자. …… 부모님도 아직 연락 안 됐나 보구나. 참, 너도 적십자병원 가는 거 맞지?"

"어느 병원인지는 몰라요."

바보처럼 말하는 내가 못마땅했지만 다른 방도가 없었다.

"그래. 우리 모두 바보가 된 거 같아. 모두 다."

내 마음을 읽었을까. 아주머니가 긴 한숨을 내쉬자 웬일인지 위안이 되었다.

"아마 적십자 병원일 거야. 거기가 갈 곳 없는 환자들을 잘 받아 주니까. 벌써 발 디딜 틈이 없을 정도라는데 이게 무슨 일인지."

아주머니는 어제 봤을 때보다 더 나이 들어 보였다. 화장기 없는 얼굴에 우리 엄마처럼 잔주름이 가득했다. 아, 엄마……. 이럴 때 엄마와 아빠가 있었다면 사정이 달랐을까. 엄마라면 우악스런 손길로 군인들을 밀쳐 내고 휘적휘적 큰길을 따라 단박에 동생을 찾아냈을까. 그랬다면 지금쯤 대문을 꼭꼭 걸어 잠그고, 불빛과 숨소리가 밖으로 새어 나가지 않게 이불로 창문을 가리고, 넷이 꼭 붙어 앉은 채 서로의 숨소리에 안도하고 있을 텐데…….

"후유……."

이번엔 내가 한숨을 내쉬었다. 그러자 아주머니가 내 무릎을 토닥였다. 아주머니는 몸이 불편한 언니 대신 조카를 찾으러 가는 길이라 했다.

멀리서 최루탄 터지는 소리와 사람들의 함성이 들렸다.

"도청 쪽으로 또 사람들이 모인 모양이네. 오전에 여기저기서 시위하는 사람들만 수천 명이었다던데. 가족들이 죽고 다치니 다들 가만있을 수 없는 게지."

그때 생각난 건 형이었다. 형은 어디로 동생을 찾으러 간 걸까. 혹시 저 함성 속에 배낭을 멘 형도 휩쓸려 있는 걸까. 공부밖에 모르던 형이었는데……. 책 대신 엉뚱한 물건을 가방에 챙겨 대문을 나서는 형은 다른 사람 같았다.

다다다다 다다다다…….

머리 위에서는 또 다른 낯선 소리가 들렸다.

"이젠 장갑차도 모자라 헬기까지……. 여기가 무슨 전쟁턴 줄 아나 보네. 미친것들."

헬기는 뭐라 뭐라 스피커로 떠들어 대고 있었다. 폭도들이 도

시를 점령해 난동을 부리고 있으니 휩쓸리지 말고 집으로 돌아
가란 소리인 것 같았다. 헬기 쪽에서 어제와는 또 다른 전단이
진눈깨비처럼 떨어져 내렸다.

"나쁜 놈들, 여길 생지옥으로 만든 게 누군데."

도시 전체가 지옥이라면 병원은 그 지옥의 중심이었다. 여기
저기 찔리고 찢겨나간 채 사경을 헤매는 사람들로 가득했다. 병
실을 넘나들며 뛰어다니는 의사와 간호사의 옷도 온통 피투성
이였고, 성한 사람들은 여기저기 싸맨 환자들을 붙들고 울음
을 터뜨리고 있었다.

"차, 찬찬히 찾아보고 이따 만나자. 집에 데려다줄게."

제대로 말을 잇지 못하는 건 아주머니도 마찬가지였다.

"얘, 무슨 일이니?"

역시 피로 범벅된 앞치마를 입은 누나가 홀로 우두커니 서 있
는 내게로 다가왔다.

"저, 동생을 찾으러……."

그때 누군가 다급하게 앞치마 누나를 불렀다. 누나는 한 침
상으로 다가가 이미 정신을 잃은 환자의 환부에 두툼한 거즈와
붕대를 감았다. 지혈을 하려는 듯했지만, 거즈는 순식간에 붉

은색으로 물들었다. 누나는 눈 하나 깜빡하지 않고 더 두툼한 거즈를 꺼내 상처를 눌렀다. 환부에서 배어 나오는 검붉은 피처럼 여기저기서 비명이 터져 나왔다. 영화 속에서도 보지 못한 장면이었다. 아빠는 청소년 관람 불가 영화는 절대 보지 못하게 했는데, 이곳에서 그걸 문제 삼는 사람은 아무도 없었다. 나는 나도 모르게 질끈 눈을 감았다.

앞치마 누나가 내게 다시 돌아온 건, 정신을 차리고 이를 악문 채 침상들을 살필 때였다. 누나는 동생의 나이와 인상착의를 물었다. 나는 심호흡을 했다. 그리고 만화 주제곡을 흥얼거리며 대문을 나서던 마지막 동생의 모습을 떠올렸다. 동생이 흥얼거린 건 '태권 동자 마루치 아라치'였다.

"열한 살이요. 분홍색 원피스, 어깨까지 내려오는 머리, 까만 구두에 흰 레이스 달린 양말……."

나는 최대한 자세히 동생의 옷차림을 설명했다. 동생의 머리핀 색깔이 생각나지 않아 잠시 절망스러웠다.

누나는 잠깐 생각에 잠기더니 내 팔을 잡아끌었다. 환자들이 여기저기 널브러진 커다란 병실을 나와 지하로 내려갔다. 아무것도 묻지 못한 채 나는 누나의 앞치마 끈만 쳐다보며 따라내려갔다. 다리가 후들거렸다. 겨우 3층 계단을 내려가는 것뿐이었는데 지옥의 바닥으로 꺼져 들어가는 기분이었다.

누나는 서늘한 병실로 날 데리고 들어가기 전에 잠시 망설였다. 부모님은 안 계신 거냐고 물었다. 사정을 듣고 나서야 누나는 결심한 듯 병실 문을 넘었다.

한 여자아이가 누워 있었다. 아이는 눈을 감고 있었다. 침상이라기보다는 스티로폼으로 만든 깔개라고 해야 맞을 것 같은 자리 위에 누운 채였다.

내가 자리에 주저앉은 건 누나가 다시 아이의 얼굴 위로 흰 천을 덮었을 때였다. 먹고 나온 주먹밥을 다 게운 다음 정신이 들었을 때 나는 누나를 붙들고 엉엉 울고 있었다.

목욕탕에서 만난 지옥

복종은 공포에서 시작한다. 그건 쥐도 새도 모르게 제 삶을 제거당할 수 있다는 지독한 두려움이었다. 정유는 그걸 잘 알고 있었다. 정유가 그 순수한 공포를 체험한 건 목욕탕에서였다.

스물두 평짜리 낡은 아파트에는 욕조가 없었다. 정유와 동욱이가 어려서부터 동네 공중목욕탕과 친해진 건 그 때문이었다. 엄마들이 말끔히 씻겨 놓은 남자아이 둘은 거품 놀이를 하다 싫증나면 아줌마들의 지청구를 들어가며 탕 안에서 물을 튀겼다. 그 일이 일어나기 전까진 그랬다.

동욱이는 지금도 자기가 탕에 들어가지 못하는 게 그때 그 일 때문이라고 했다. 좋아하는 물에 들어가지 못하고 다른 친구들이 물속에서 노는 모습을 보며 대리만족해야 하는 게 다 꼬마 정유 때문이라 했다.

8년 전 일을 정확히 기억할 순 없었다. 그러나 탕 안에서 물장구를 치며 놀던 둘 중 하나가 상대방의 발에 걸려 탕 안으로 곤두박질쳤고 한참 물을 먹은 후에야 물 밖으로 몸을 솟구쳤던 기억은 정유에게도 희미하게 남아 있었다. 동욱이었다. 동욱이는 그때 정유가 일부러 발을 걸었다고 했다. 말도 안 되는 소리였지만, 복수를 들먹거릴 때마다 동욱을 의기양양하게 만드는 데 충분한 동기가 됐다.

동욱이 무리에 끼고 나서 한 달쯤 지났을 때였다. 정유 아빠가 일찍 퇴근하는 바람에 정유네 집에서 라면을 끓여 먹지 못한 날 동욱이가 무리를 이끌고 간 곳은 찜질방이었다.

동욱이에게 잘못 걸리면 학교가 곧 지옥으로 탈바꿈한다는 걸 아는 아이들은 동욱이가 지옥을 소환하지 못하게 하는 데 기꺼이 용돈을 바쳤다. 걸핏하면 아빠에게 대들다 혼나고 엄마한테 충분한 용돈을 타 내는 데 실패한 동욱이의 주머니는 그 덕분에 마르지 않았다. 동욱을 거스르지만 않으면 동욱이 무리 또한 그 혜택을 함께 누렸다. 동욱이 무리가 그 혜택을 함께 누린 곳은 주로 피시방과 찜질방이었다.

동욱은 여전히 탕에는 들어가지 않았다. 그러나 친구들이 냉탕과 온탕을 오가며 괴성을 지를 때 마치 자기도 함께 차가운 물세례를 받은 듯 같이 꺅꺅거렸다. 대리만족. 거기까진 괜찮았다.

그때 동욱이가 새로운 선을 넘었다. 동욱이는 장난이라고 했다.

"야, 숨 참기 내기 하자. 숨 오래 참는 새끼 구운 달걀 다섯 개! 오케이?"

정유는 구운 달걀엔 관심이 없었다. 하지만 그게 내기에서 빠질 수 있는 이유가 될 수 없다는 걸 잘 알았다. 정유와 한 친구가 끝까지 남아 승부를 가릴 땐 정유도 얼마쯤은 승리의 기대감에 차 있기도 했다.

정유는 어느 때보다 숨을 오래 참았다. 깍지 낀 팔로 두 무릎을 안아 물속으로 얼굴을 향하고 있으면 몸은 저절로 수면 위로 떠올랐다. 둥글게 등을 드러낸 채 몸이 붕 떴다. 물속에선 뽀그락뽀그락 자신이 내뱉는 기포 소리만 났다. 사람의 말소리

따윈 들리지 않았다. 정유는 자신이 이대로 물속에서 녹아 없어지면 좋겠다고 생각했다. 숨을 참는 건 고통스러웠지만 자신의 몸을 학대하며 얻는 희열은 짜릿했다. 이대로, 이대로 사라지자. 기포만 남긴 채 감쪽같이……

더 이상 숨을 참지 못하고 물 밖으로 얼굴을 들었을 때 정유는 자신의 바람이 이뤄진 줄 알았다. 사방이 온통 암흑이었다. 늦은 시간 목욕탕이 조용한 건 알고 있었지만, 너무도 조용했다. 들리는 건 오로지 오랫동안 숨을 참느라 학대당한 폐가 항의하듯 거칠게 내뿜는 자신의 숨소리뿐이었다.

"야, 너희 어디 있는 거야? 헉헉…… 김동욱!"

물 밖으로 나가야 했다. 정유는 마치 시각장애인처럼 두 팔을 허우적거리며 탕의 난간을 찾았다. 사방을 에워싼 어둠이 단단한 벽이 되어 정유의 이마를 들이받을 것만 같았다. 정유는 물속에서 조심조심 발을 디뎠다.

"새끼들, 가만두나 봐라."

정유가 무리를 향해 처음으로 내뱉은 심한 말이었다. 그러자 후련함과 두려움이 한꺼번에 밀려왔다. 그와 동시에 제거됐던 모든 소음과 목욕탕 풍경이 한꺼번에 돌아왔다.

"와하하하! 야, 이 새끼 쫀 거 봐라. 그렇게 무섭냐. 왜 엄마라도 부르지. 엄매애……! 새끼, 생긴 대로 놀긴."

녀석을 덮친 게 분노한 정유의 자발적 의지였는지, 아니면 누군가 물속에서 건 발에 걸려 하필 동욱이의 가슴 위로 넘어진 건지, 아니면 둘 다인 건지 정유도 알 수 없었다. 분명한 건, 순간 다시 한번 세상의 모든 소음이 제거되고 자신이 녹기 직전의 거대 소금 자루가 되어 물속으로 패대기쳐졌다는 것이다. 다 녹아내리기 전에 몸을 일으켜야 했다. 정유의 머릿속엔 그 생각뿐이었다. 그러나 물먹은 소금이 자신의 체중 때문에 몸을 못 가누는 건지 함께 물가에서 나뒹굴던 당나귀 새끼가 짓누르고 있는 건지, 정유는 일어설 수 없었다.

'아, 녹는구나. 정말로 내 몸이 물속으로 녹아 없어지는구나.'

못된 당나귀 새끼를 밀쳐 내던 정유의 몸이 더 이상 저항하지 않았다. 그제야 당나귀 새끼가 정유를 누르고 있던 제 몸뚱이를 떼어 냈다. 그러곤 마신 물을 토하는 정유의 등을 내리치며 흡족해했다.

"이제 알겠냐? 그때 내가 죽을 뻔했을 때 얼마나 기분 더러웠는지? 캬캬캬. 이젠 쌤쌤이네. 자식, 까불면 죽는다."

동욱은 젖은 정유의 머리칼을 쥐었다 놓은 후 돌아섰다.

불이 환히 켜진 목욕탕에서 벌거벗은 상태로 들이켠 물을 게워 내느니 물속에 녹아 없어지는 게 나았다. 정유는 물인지 눈물인지 범벅이 된 얼굴을 손등으로 비볐다. 동욱 무리가 수건으로 몸을 닦아 내고 목욕탕 문밖으로 사라지는 게 보였다.

살았다.

그래도 살아 있으니 다행이라고 생각하는 자신이, 정유는 징그러웠다.

"이번 신고식은 찜질방이다. 추릅, 맛있겠다. 찜질방 하면 미역국에 구운 달걀이지. 하하핫."

동욱이가 오늘 그 망할 찜질방 행을 또 결정한 것이다. 이번 주말이었다. 숨부터 막혀왔지만, 정유는 이번엔 자기가 아니라고 애써 스스로를 위로했다.

찜질방엔 한 번도 가본 적이 없다는 민준이는 자기 집 거실에 자욱했던 연기를 떠올렸는지 선뜻 좋다고 했다.

"민준이도 좋아. 구운 달걀, 미역국."

그날 일로 잔뜩 얼어 있던 녀석은 금세 풀어졌다. 오히려 무

리에 낀 자신을 자랑스러워하는 눈치였다. 코를 킁킁대며 들이
대는 무리의 관심을, 경계에 선 자신이 낭떠러지로 떨어지는 걸
막아 주는 보호막쯤으로 여기는 것 같았다. 녀석의 어머니도
같은 생각인 듯했다. 동욱이 무리한테는 더 크고 푸짐한 박스
를 안겼다.

"이게 누이 좋고 매부 좋다는 거다. 일석이조. 너희도 알아?
일석이조."

무리 중 누군가가 "게다가, 상부상조!"를 외치자 동욱은 어깨
를 들썩이며 낄낄거렸다. 녀석의 어머니가 안겨 준 박스에서 꺼
낸 치킨 다리를 뜯으며 그들은 게걸스럽게 떠들어 댔다.

세상은 어쩌면 공평하다. 신이라는 존재가 있다면 그는 나름
공평하게 악을 배분했다. 이 시대에 동욱이라는 악이 있듯이
1980년 광주에는 골리앗과 같은 거대한 악이 있었다. 어느 시
대에나 악이 있고 그 악에 억눌려 신음하는 선량한 사람들이
있었다.

어느 악이 더 크고 포악한지는 중요하지 않았다. 그 악으로
인해 뿌리째 흔들리는 삶을 간신히 부여잡은 사람들의 고통은
매한가지일 테니까. 철이가 옆에 있었다면 한 가지는 확실히 말

해 줄 수 있을 것 같았다. 40여 년이 지난 지금도 투명망토 같은 건 여전히 사람들의 바람 속에만 있을 뿐이라고. 짠, 하고 나타나 너를 무적으로 만들어줄 투명망토 같은 건 애초에 신이 만든 적이 없다고.

그러면서도 정유는 정작 투명망토를 두른 자신을 상상하고 있었다. 투명 망토만 있다면 엉덩이에 뿔 난 못된 당나귀 엉덩이를 걷어차고 밉살스런 녀석의 뿔을 뽑아 버린 다음 시치미를 뗄 수 있을 것이다. 물을 두려워하는 당나귀가 가는 곳마다 품 위 있게 물세례를 퍼붓고, 녀석에게 건네는 친구들의 지폐를 감쪽같이 가로채 되돌려줄 수도 있다. 무엇보다 이번 주 찜질방에서 발에 걸려 물속을 허우적대는 동욱의 중딩 버전 트라우마를 확실히 만들어 줄 수 있다.

정유는 만약 철이의 이야기가 실화라면 철이와 자신이 겪은 지옥 중 어느 지옥이 더 생지옥일지 생각했다. 사람을 곤봉으로 쳐 죽이고 대검으로 찔러 죽이는 군인들이 있는 그곳일까, 물고문과 정서학대로 매일 자신이 실종되는 걸 꿈꾸는 중딩이 사는 이곳일까. 자기 집 현관 비번을 바꿨다고 다리를 걷어차인 중딩의 시퍼런 멍이 덜 고통스럽다고 말할 사람이 있을까. 그렇다면 그 사람은 자다가도 고막을 자극하는 부스럭거림에 화들짝 놀라 불청객의 침입 흔적을 단속해 본 적이 없는 사람이다. 아빠가 매달 용돈을 넣어 주는 체크카드 비번을 누군가와 원치 않는 공유를 해 본 적이 없는 사람이다.

정유는 머리를 흔들었다. 누구의 지옥이 더 지랄 맞은지 저울질하는 자신이 진저리쳐졌다.

그래도 한 가지는 분명히 인정해야 했다. 흰 천을 얼굴까지 덮어쓴 동생 앞에서만큼은 모든 게 짜져있어야 한다는 것.

어쩐 일인지 정유는 철이의 지옥에 자신도 발 한 쪽을 담그고 있는 기분이었다. 그러다 문득 자신이 하루 종일 기다린 게 옅은 빛을 도드라지게 만드는 어둠이라는 사실을 깨달았다. 철이의 지옥을 확인해야 했다.

일을 마치고 책방에서 나오는 아빠가 보였다. 아빠는 문을 잠그고 잘 잠갔는지 확인한 후 천천히 집 쪽으로 행했다. 정유는 아빠가 시야에서 완전히 사라진 다음 책방 문을 열었다. 주변을 살피는 것도 잊지 않았다.

이제 책방은 온전히 자기 차지였다.

다락방의 무서운 엠티

1980년 5월 20일

눈을 떠보니 어젯밤부터 내리던 비가 그치지 않고 있었다. 부슬부슬 가랑비였다. 도시 전체가 밤을 새워 울고 있는 것만 같았다. 저 비로 거리에 나뒹구는 모든 파편과 집집마다 떠안은 상처들을 처음부터 없던 것처럼 씻어 버릴 수 있다면 얼마나 좋을까.

"병원에 없는 게 다행인 거야. 어딘가 잘 피신해 있다는 얘기니. 집에 가서 옆집 할머니네 전화기에 붙어 있어. 동생이 연락할지 모르잖아."

아주머니였다. 엊저녁 내가 앞치마 누나를 부여잡고 엉엉 우는 것을 본 아주머니는 말없이 병원을 함께 뒤져 주었다.

동생은 그곳에 없었다.

내 몸 안에서 뭔가가 퍽, 작은 폭발음을 내며 터져 버린 건 그 여자아이가 희야가 아니란 걸 확인한 순간이었다. 그동안 걱정과 공포로 꽉 차 있었던 내 마음속 풍선이 더 이상 압력을 견디지 못한 거였다. 엉엉 울면서 내 어깨를 오래 들썩이게 만든 건 안도와 슬픔이었다.

그 애는 내 동생은 아니었지만, 틀림없이 누군가의 동생이고 가족일 거였다. 그들도 나처럼 밤잠을 설치고, 아이를 찾고 있을 거였다.

"아, 아까 아는 분을 만났는데 저어기 전남대병원 쪽 양림동 선교마을이라고 있지? 거기서 애들을 보호하고 있다던데. 요 며칠 거리에서 구한 애들, 끌려갈 뻔한 학생들 거기서 더러 보호하고 있다나 봐. 일단 거기 가 보고 없으면 전남대병원에도 가보자."

여기까지 빠르게 말한 뒤 아주머니는 잠시 생각에 빠졌다.

"내일 오전까진 조카 수술 준비 때문에 내가 경황이 없고 괜

찾으면 내일 오후에 데려다줄게. 한 시쯤 너희 집 골목 앞에서 기다려. 차로 가면 얼마 안 걸릴 거야. 그리고 너 다시는 여기저기 돌아다니지 마. 애들이 아니라 어른이어도 너무 위험한 상황이야."

우리 집 골목 앞에서 내려 주며 아주머니는 다시 한번 다짐을 받았다. 평생 쓸 눈물샘의 양이 정해져 있다면 아마도 반은 요 며칠 사이에 다 써 버리고 있는 듯했다. 너무 고마웠지만, 고마운 마음이 말 대신 찝찔한 액체가 돼 흘러나왔다.

집에 가족이 돌아와 있으리라는 기대는 쉽게 허물어졌다. 누군가 다녀간 흔적은 없었다.

대신 비가 내렸다. 다 괜찮다는 듯, 다 쓸어 내 주겠다는 듯 밤새 나를 위로해 준 건 비였다.

날이 밝았지만 집 안은 여전히 조용했다. 나는 대충 이부자리를 치우고 눈곱도 떼지 않은 채 성호 형 할머니네로 달려갔다.

할머니는 어젯밤에 잠깐 들어왔다가 짐을 싸서 새벽에 다시 나갔다고 했다. 폭도들의 주동자로 몰린 성호 형이 구치소로 끌려갔다고 했다. 문을 걸어 잠그고 나와 보지 않던 또 다른 하숙생이 문틈으로 들려준 얘기였다.

"에구 아녀, 아녀! 우리 손주 폭도 아녀라. 공부도 잘허고 할미헌티도 깍듯한 넘인디 그럴 리가 읎지라."

어제 병원서 손사래를 치며 울부짖던 아주머니들이 할머니와 겹쳐 떠올랐다. 끌려가는 걸 보고 있기만 한 죄인이 된 것 같아 마음이 무거웠다.

"형, 저 옆집에 사는 강철인데요, 혹시 우리 가족 찾는 전화 안 왔어요?"

대문이 닫힐세라 얼른 물었다. 꼴깍 침이 넘어갔다.

"어제부터 군인들이 이집 저집 들이닥쳐서 학생들로 보이는 젊은 사람들 다 잡아가고 있어. 우리가 섣불리 전화를 받으면 우리도 위험해지는 상황이라…… 전화기가 몇 번 울리기는 했는데…… 미안하다."

대답이 없자 스륵 문이 닫혔다.

미안하다는 말이 내 가슴에 작은 소용돌이를 만들었다. 국민학교에 들어가자마자 배운 게 친구들과 사이좋게 지내야 한다는 거였다. 그리고 누군가에게 잘못한 일이 있으면 사과를 해야 하는 거라고 배웠다. 남을 다치게 하고 상처를 줬으면 미안 해 하고, 안아 주고, 다시는 안 그러겠다고 약속도 해야 하는 거라 배웠다.

그들도 국민학생이었던 때가 있을까. 아니, 사람이긴 한 걸 까. 만화영화에 나오는 전자 인간처럼 그들도 무시무시한 로봇 들인 게 아닐까. 피도 눈물도 없는 걸 보면 그들이 쓰고 있는 쇠 창살 모양의 투구 속에 말랑한 인간의 뇌가 아닌, 전파로 움직 이는 쇳덩이가 들어앉은 게 틀림없었다. 이게 내가 내린 결론이 었다.

'미안해 해야 하는 건 형이 아니에요.'

나는 속으로 대답을 삼켰다.

나는 강석이 형에게 양림동에 간다는 쪽지를 남기고 집을 나 섰다. 오후가 되면서 거리에 사람들이 쏟아져 나왔는지 부쩍 소란스러워지기 시작했다. 비는 이미 그쳐 있었다.

큰길 풍경은 어제와도 많이 달라져 있었다. 더 많은 사람이 쏟아져 나왔다. 아주머니 트럭은 빵빵거리는 버스들과 택시들 틈에 끼어 대로를 달렸다. 거리로 쏟아져 나와 걷던 사람들이 버스와 택시들의 응원에 환호하며 저마다 가진 무기를 들어 보였다. 쇠 파이프와 몽둥이를 든 젊은 아저씨들도 있었고, 흰색 한복을 입고 곡괭이와 쇠스랑을 든 농부들도 보였다. 아주머니들과 교복 입은 누나들은 길가의 보도블록을 깨 대열 앞쪽으로 전달하고 있었다.

도청 앞에 늘어선 버스들과 택시들 주변으로 자연스럽게 대열이 정비되자 사람들은 노래를 부르기 시작했다. 아리랑도 불렀고 애국가도 불렀다. 월요일 조회 때마다 운동장에서 줄 맞춰 부르던 애국가와는 다른 느낌이었다. 아무도 입만 벙긋거리지 않았다. 하나같이 애국가를 부르기 위해 오늘을 기다려온 사람들 같았다.

"저놈들 오늘은 아직 조용한가 보네."

빵빵 빵 빵빵! 경적기로 응원을 보태던 아주머니가 주변이 잠시 조용해진 틈을 타 입을 열었다. 그러나 판단은 일렀다. 도청 쪽에서 요란한 소리가 나더니 순간 사방이 연기로 가득 찼다. 곧 진압봉의 둔탁한 울림과 사람들의 비명으로 순식간에 아비규환이 됐다. 내 심장도 거세게 뛰기 시작했다.

"안 되겠다. 돌아가자."

골목 안도 상황이 많이 다르지 않았다. 여전히 삼삼오오 쫓기고 쫓았다. 군인들은 잡은 사람들을 어디론가 끌고 갔지만 전처럼 골목 안까지 집요하게 따라잡지는 않았다.

"시민들 무서운 건 아나 보네."

아주머니가 코웃음 치며 말했다. 아주머니는 군인들을 따돌리듯 요리조리 골목을 돌아 양림동으로 향했다. 조카의 수술은 잘 끝났다고 했다. 대검이 깊이 박혀 목숨을 잃을 뻔했지만, 다행히 급소를 비껴갔다고 했다.

"당연한 줄 알았던 일상이 이렇게 어처구니없이 무너질 줄 누가 알았겠니. 7개월 전 박정희 대통령 사망했을 땐 혼란스럽긴 해도 희망이라는 게 있었는데, 이젠……."

"아주머닌 아들이나 딸 없어요?"

화순에 있는 엄마 생각이 간절해진 내가 물었다. 농사고 뭐고 광주로 돌아오려 발버둥을 치다 지금쯤 앓고 있을 내 엄마.

아주머니는 바로 대답하지 않았다. 대신 희미하게 웃었다.

"있지. 대학생이야. 너 이름이……."

"강철이요. 이강철."

"그래. 강철이구나. 참, 아줌마가 빨리도 물어본다. 그치?"

아주머니가 다시 웃었다. 눈에는 눈물이 고여 있는 웃음이었다. 아줌마 이름은 배희정이라고 했다. 자신을 희정 이모라 부르라고 했다.

"참 너랑 어울리는 이름이다. 부모님이 이름 잘 지어 주셨네. …… 강철아, 이 세상은 아직 자기가 맡은 일만 하기엔 준비가 너무 안 돼 있는 거 같아. 학생이 시위하고 입바른 소리 해야 하고 때론 나서서 몸싸움하는 것도 다 그래서 그런 걸 거야. 너처럼 어린애까지 실종된 동생 찾으러 사지를 뚫고 다니고 있으니 말 다 했지. 우리 아들은…… 몇 달 전에 있었던 시위 때 주동자로 찍혀서 수감됐어."

아…… 희정 이모의 미소는 곧 한숨으로 바뀌었다.

"모진 고문이나 당하지 않아야 할 텐데, 이 난리 통에……."

혼잣말처럼 중얼거린 희정 이모 말에 나는 어떻게 대답해야 할지 몰라 입술만 깨물었다.

이 세상은 도대체 언제쯤 준비가 되는 걸까. 자기한테 주어진 역할만 해도 되는 세상은 언제쯤 오는 걸까. 전력 질주는 체육 대회 계주 뛸 때만으로 충분하고, 고3은 독서실 공붓벌레 역할만으로 충분하고, 국민학생은 안전하게 노는 것만으로 충분한 세상은 언제 오는 거냐고!

훌쩍거리는 희정 이모를 애써 모른 척하며 속으로만 분을 삭이고 있을 때 트럭이 멈춰 섰다. 처음 와 보는 동네였다. 광주 도심을 조금 벗어났을 뿐인데 시골 마을처럼 고즈넉했다. 트럭이 멈춰 선 곳은 건물들도 독특했다. 영화나 만화영화에서 보던 서양식 건물이었다.

외국인 선교사는 트럭에서 내린 희정 이모와 나를 보고 단박에 경계를 푸는 눈치였다. 영어와 한국말을 섞어 희정 이모와 뭐라 주고받고는 우리를 다른 집으로 안내했다. 희야와 비슷한 아이가 다른 선교사 집에 있다는 것 같았다.

생지옥을 헤쳐 나오면서 좋은 점이 딱 하나 있다면 그건 평생 잊지 못할 은인을 만날 가능성이 지옥의 수위만큼 높다는 거다. 나는 그곳에서 희정 이모에 이어 또 다른 은인들을 만난 셈이었다.

희야는 그곳에 있었다. 나풀거리며 위층에서 뛰어내려온 희야는 그저께 대문을 나설 때와 다르지 않은 모습이었다.

"오빠! 오빠, 왜 전화 안 받았어?"

희야는 다짜고짜 울면서 주먹으로 때리는 시늉을 했다. 자세히 보니 분홍색 원피스는 잔주름으로 자글거렸고 흰색이었던 양말도 색을 알아볼 수 없을 정도로 더러워졌다. 그래도 얼굴만큼은 평소처럼 말끔했다. 그걸로 됐다. 나는 웃었다. 사흘 만에 웃는 웃음이었다. 마치 웃어본 지 30년은 된 것처럼 어색한 웃음이었지만 나는 비로소 안도했다. 골리앗에게, 전자 인간에게 내가 이겼다고 빼기고 싶은 마음이었다.

그날 늦은 오후에 친구 집을 나선 희야는 버스 터미널쯤에서 다른 사람들과 함께 군인들한테 쫓겼다고 했다. 동생의 손을 잡고 달려 주던 대학생 오빠가 군인의 진압봉에 맞아 뒹굴자, 겁에 질려 울고 있는 동생을 한 아주머니가 재빨리 차에 태웠다는 것이다. 이곳 선교사 사모님이었다.

최루가스 때문에 정신을 잃은 동생이 깨어난 건 한밤중이라고 했다. 나와 형이 처음으로 동생 없는 밤을 보낸 날, 가족 없는 낯선 곳에서 눈을 떴을 희야를 생각하니 꾀죄죄한 분홍 원피스가 더 안쓰러워 보였다.

선교원에는 동생과 같은 어린아이들 말고도 대학생과 고등학생들이 더 있었다. 불시에 집으로 쳐들어오는 군인들을 피해 다락방에 숨어 있다고 했다.

"동생을 집까지 데려다주려 했는데 거리가 워낙 위험해서 몇 번 시도하다가 전화 통화가 되면 돌려보내려 했대. 하긴 이젠 어디고 안전지대가 없으니……."

선교사 부부와 나눈 이야기를 전해 주면서 희정 이모는 곧 돌아가야 한다고 했다. 도와줘야 할 사람들이 더 있다고 했다.

"강철아! 이모가 내일 데리러 올게. 선교사님들께는 잘 말씀 드려 놨으니까 걱정 말고 안전한 데서 동생이랑 있어. 알았지?"

희야를 안전하게 지키는 것 말고 내가 할 수 있는 일은 떠오르지 않았다.

희야는 두어 명의 여자아이들과 함께 선교사님 딸 방에서 지내고 있었다. 희야는 내가 오늘 밤 다락방에서 자기로 했다는 말을 듣고는 금세 웃는 얼굴이 되었다.

"작은오빠도 우리랑 여기서 엠티 하는 거야?"

"어? 엠티? 그게 뭔데?"

"수잔 언니가 그러는데, 외국에서는 친구들이랑 밤에 잠옷 바람으로 수다 떨고 파티하다 잠드는 걸 파자마 파티라고 한대. 파자마 파티는 우리나라에선 엠티랑 비슷한 거래. 다락방에 있는 대학생 오빠가 알려 줬어. 대학생들이 밤새 모여서 모닥불 피우고 얘기도 하고 노래하고 노는 거래. 그러면서 서로 친해지는 거래."

계엄군들에게 쫓겼을 때 많이 무섭지 않았냐는 질문은 천천히 하기로 했다. 다른 가족 걱정에 훌쩍거리던 희야 얼굴이 이제야 조금 밝아졌기 때문이다.

"밤에는 수잔 언니 어릴 때 입었던 파자마 입고 잤어. 우리도 파자마 파티 하는 거랬어."

희야는 굳이 친구들과의 파자마 파티 대신 다락방의 엠티에 끼겠다고 했다. 우리 남매까지 여덟 명이 이불을 깔고 자기에 좁지는 않았지만, 낮은 천장과 퀴퀴한 냄새 때문에 그리 쾌적한 곳은 아니었다.

다락방의 저녁 식사는 샌드위치와 오렌지주스였다. 노릇노릇 구워진 두툼한 빵을 보니 며칠 새 별로 먹은 게 없었다는 게 떠올랐다. 희야가 남긴 식빵 테두리까지 싹싹 먹어 치우고 나니 좀 살 것 같았다.

"혹시 강석이 동생들이니?"

희야 잠자리를 봐주고 있을 때 벽에 기대앉아 있던 더벅머리 형이 말을 걸어왔다.

"우리 형을 아세요?"

"서석고등학교 다니면서 이강석 모르면 간첩이지."

형이 피식 웃었다. 형은 한쪽 구석에 놓인 박스 안에서 주섬주섬 캬라멜과 과자를 꺼내 주었다. 희야가 좋아하는 밀크캬라멜과 내가 좋아하는 딱따구리 과자였다. 그러고 보니 그 형도 우리 형이랑 같은 학교 배지를 달고 있었다.

"전교 일 등 이강석이 시위에서도 일등이더라."

"······."

"형이 아직 집에 안 돌아온 모양이구나."

나는 대답할 말을 찾지 못했다.

"혹시 우리 형 봤어요?"

"봤지. 네 형 어제 교문 나설 때만 해도 뒤에 처지면서 망설이는 거 같더니 오후엔 도청 앞에서 날아다니더라. 어제 분명히 누가 네 형 군인들한테 끌려가는 거 봤다고 했는데 오늘 다시 나타났더라고. 버스 위에 올라서서 시위를 주도하는 거 같던데. 공부밖에 모르는 샌님인 줄 알았더니 아니더라고."

"우리 형 지금 어딨어요?"

"모르지. 옷 갈아입으러 잠깐 집에 들렀다가 아부지한테 멱살 잡혀 여기로 끌려왔으니. 여기 이러고 있는 거 쪽팔려 죽을 거 같다. 시국이 이 모양인데 간식 박스에 다락방이라니."

형은 애꿎은 간식 박스를 손으로 탁 치며 말했다. 다른 형들과 나누어 먹으라고 형의 부모님이 억지로 안겨 준 듯했다.

옆에서 책을 보던 안경 쓴 대학생 형이 눈치를 주었지만, 더벅머리 형은 아랑곳하지 않았다.

"아, 그 새끼들 싹 밀어 버리는 건데."

"뭘 수로?"

듣다 못 한 안경 형이 입을 열었다.

"지금 나가서 폭도로 몰려 죽는 거 개죽음이다. 뭘 알고나 말하지."

"그럼 형은 이러고 있는 거 아무렇지도 않아요? 교실 옆자리 친구가 길 가다 군인들한테 맞아 죽었다고요. 그런 사람이 한둘이 아닌데 어떻게 보고만 있어요?"

"그래서 죽으면 누가 책임질 건데? 남겨진 부모님과 가족은 또 어떡할 건데. 여기 이렇게 안전하게 있을 수 있는 것만도 선택받은 거라고. 고마운 줄 알아, 네 부모님한테!"

더벅머리 형이 낮은 소리로 뭐라 내뱉자 "뭐, 이 새끼가?" 하며 안경 형이 벌떡 일어섰다. 낮은 천장 때문에 머리를 들 수 없는 안경 형은 꼭 더벅머리 형에게 허리를 굽히고 있는 것처럼 보였다.

"그만들 해. 우리가 지금 여기서 싸울 때야?"

"그래. 우리 도와준 분들 생각해서 조용히나 있자고."

다른 형들이 나서자 '쳇', '씨' 하는 소리와 함께 곧 잠잠해졌다.

"오빠, 엠티는 무서운 건가 봐. 나 내려가서 잘게. …… 오빠 혼자 어디 가면 안 돼!"

내게 몸을 바짝 붙이고 이불을 나눠 덮었던 희야가 작게 속삭였다. 나는 희야 눈을 바라보며 찡긋 웃어 보였다. 희야는 그제야 마음을 놓은 듯 조용히 계단을 내려갔다.

'그래. 파티든 엠티든 지금은 때가 아닌 거 같다.'

나는 희야에게 하지 못한 대답을 속으로 삼켰다.

쾅!

밖에서 굉음이 들린 건 그때였다. 그리 멀지 않은 곳에서 뭔가가 폭발한 것 같았다. 다락방이 작게 술렁거렸지만 아무도 더 이상 입을 열지 않았다. 파티라더니 뒤늦게 모닥불이라도 피우는 건가. 무서운 엠티에 어울리는 요란한 캠프파이어라도 하는 건가.

다락방의 엠티도, 굉음도, 침묵도 희야 말마따나 다 무서웠다. 순간 교과서 대신 아령과 삼각붕대를 넣은 배낭을 지고 버스 위에 올라서서 구호를 외치는 형의 모습이 그려졌다. 입술을 깨물었다.

'다치거나…… 죽으면 안 돼, 형. 진짜로 안 돼!'

나는 여전히 지옥 속에서 한 발짝도 벗어나지 못하고 있었다. 길고 긴 한밤의 파티가 될 것 같았다.

경계에 선 아이들

민트초코 녀석의 이름은 민준이었다. 학년이 바뀌고 반이 바뀔 때마다 정유는 새로운 민준을 만났다. 한 반에 민준이가 한 명씩은 있었다. 그만큼 우리 세대엔 친숙한 이름이었다. 그러나 민트초코맛 민준이보다 더 독특한 민준은 없었다. 정유도 그걸 인정했다.

하지만 독특하다고 해서 다른 사람들로부터 다른 대우를 받아야 한다는 것에 정유는 찬성할 수 없었다. 아니 어쩌면 독특하다는 말도 민준이와 어울리지 않는 말일지 몰랐다. 그 기준은 무리로부터 소외시킬지 말지 결정하기 위해 남들이 만들어

놓은 손쉬운 잣대일 뿐이니까. 민준이는 그냥 민준이다.

"야, 네 걱정이나 해. 걔 정신 연령 우리보다 낮다며. 물 싫어하는 꼬맹이 어딨냐. 물론 누구 땜에 물 트라우마 생긴 꼬맹인 제외!"

새로운 환경에 적응하는 걸 힘들어하는 민준이에게 찜질방보다는 피시방이나 공원 회동이 나을 거라고 정유가 조언하자 단박에 뒤집은 동욱이었다.

"민준이 수영 잘해. 괜찮아."

의외로 민준이는 무리와 어울리는 데 유연함이 있었다. 첫 신고식만 거하게 치른 거였나. 그러면 다행이었다.

토요일 오후는 요일에 어울리게 화창했다. 민준이는 간식이 잔뜩 든 박스와 함께 기다리고 있었다. 민준이 어머니는 우리가 나타나기 전에 사라진 참이었다. 엄마를 대동한 회동은 간지나지 않는다고 얼마 전 동욱이가 한소리 한 이후로 그랬다.

"에이, 주니까 먹기는 하는데 이런 거 들고 다니는 것도 모양 빠져서, 영⋯⋯."

동욱이는 민준이 어머니가 친구들과 맛난 거 사 먹으라고 가끔 자신의 통장에 넣어 주는 용돈을 확인할 때도 이렇게 말했었다. 얼굴에는 웃음을 띤 채였다.

동욱은 정유와 민준에게 간식을 나눠 들고 따라오게 했다. 그것도 열 발짝 뒤에서. 정유 가슴 속에 무언가 차곡차곡 쌓이는 기분이었다. 조금만 더 쌓이면 펑 터지거나 우르르 쏟아질 것만 같았다.

작년에 정유는 교실에서 혼자였다. 초등학교 때까지는 그래도 주변에 친구들이 조금 있었던 것 같은데 언제부턴가 정신을 차리고 보니 혼자였다. 아마도 엄마가 돌아가시고 난 후였을 것이다. 엄마는 엄마의 자리만 빈자리로 만든 게 아니었다. 정유가 가진 많은 것들을 가져가 빈자리로 만들었다. 엄마가 있을 땐 그래도 가끔 웃으며 상대해 주던 아빠의 미소도 가져갔고 엄마와 재잘대던 정유의 수다도 가져갔다.

아이들은 보통 급식실에서 혼자 밥을 먹느니 굶거나 매점에서 대충 때우는 걸 택한다. 이건 막 세상 속 자신의 위치에 눈뜨기 시작한 아이들 사이의 불문율이었다. 양 옆자리가 비어 있는 식탁 위에서 혼자 고개를 처박고 밥을 먹는 건 자신이 구제 불능 찐따임을 커밍아웃하는 것과 같았다.

그게 아니라도 정유는 아이들이 밥알을 튀기며 떠들어 대는 급식실이 싫었다. 혼자만 침묵을 지킨 채 숟갈질하는 것도 내키지 않았다. 무엇보다 아이들의 흘끔거림이 싫었다.

정유가 동욱이 무리에 끼어든 것도 그 불편함을 피하기 위해서였다. 무리 속에서라면 안전했다. 아무도 정유가 혼자 밥을 먹으면서 무슨 생각을 할지 상상할 일도 없었고, 쟤는 왜 저렇게 되었을까 유추하게 만들 일도 없었다. 동욱이 무리라면 더욱 안전했다. 서열 높은 동욱이 무리에 끼어 있다는 건 학교 안에서 무얼 하든 프리패스라는 얘기였다.

정유는 열 발짝 앞서 걷는 동욱의 발뒤꿈치를 노려보았다. 발등의 불만 보느라 정작 자신의 발뒤꿈치가 까지는 것은 돌아보지 못했다. 정유는 그 안전함을 선택하는 데 너무 많은 대가를 치르고 있는 자신이 조금씩 보이기 시작했다.

"너희 심심하지. 이거 새로운 놀이다. 너희도 마음에 들 거야."

민준이 어머니가 협찬한 음식과 구운 달걀로 배를 넘치게 채운 동욱이 불룩한 배를 내밀며 말했다. 마침 커다란 굴 방 하나가 비어 있었다. 사람이 많이 드나드는 곳을 피해 무리가 모두 들어갈 만한 굴 방을 동욱이가 찾아낸 참이었다. 찜질방 로고

가 새겨진 하늘색 찜질복을 나눠 입고 굴 방에 옹송그리고 있는 중딩 무리는 누가 봐도 엠티 중이었다.

새로운 놀이란 말에 정유의 세포는 일찌감치 긴장해 있었다. 웃고는 있었지만 다른 친구들도 마찬가지인 듯했다. 그동안 동욱이에게 밉보인 적이 없는지 여섯 개의 뇌가 빠르게 회로를 돌리고 있었다. 단 하나의 뇌만 빼고. 경계에 선 채 이쪽도 저쪽도 자유롭게 넘나드는 민준이 뇌만이 녀석의 얼굴을 생글거리게 했다.

"새로운 놀이, 재밌겠다. 이걸로 어떻게 해? 아, 양머리 만드는 거지? 민준이 양머리 해 보고 싶었는데……."

민준인 지금 이쪽이 아닌 저쪽 세계에 발을 디디고 선 듯했다. 동욱이가 몇 장씩 나눠 준 수건을 둘둘 말면서 아이처럼 즐거워했다.

"양머리 같은 소리하고 자빠졌네. 우리가 동네 아줌마냐?"

동욱이 대놓고 짜증을 냈다.

"야, 너! 너 여기 누워 봐."

지목을 당한 친구는 정유 이전에 라면을 끓이던 아이였다. 머리 한쪽을 보라색으로 물들인 녀석의 머리는 앵무새 꼬리처럼 보였다. 후임으로 들어온 정유를 대놓고 무시할 때마다 녀석은 그 꼬리를 흔들어 댔었다.

"나? 왜 나야?"

앵무새 꼬리는 얼굴을 찡그리며 동욱이와 정유를 번갈아 바라보았다.

"야, 누우라면 눕지 뭔 말이 많아?"

동욱이는 엉거주춤 방 가운데 눕는 앵무새 꼬리의 배를 수건으로 내리쳤다.

정유는 알고 있었다. 요즘 동욱이는 정유를 의식하고 있었다. 동욱의 수행평가 PPT를 만들어 넘길 때나 시험에 나올 만한 문제를 뽑아 넘길 때도 정유의 얼굴을 흘끔거렸다. 동욱이는 머리가 나쁜 편이 아니었다. 오히려 눈치가 빨랐다. 정유가 깊은 곳에 무언가 차곡차곡 쌓아가고 있다는 걸 눈치챈 게 분명했다.

"새끼들, 싹 갈아치우든지 해야지. 이런 오합지졸을 데리고 뭘 하겠다고."

정유는 동욱이가 보는 유튜브 채널들을 알고 있었다. 동욱이 폰과 계정으로 게임 스코어를 높일 때 알고리듬으로 연달아 뜨던 영상들은 보통 중딩들이 보는 것과는 달랐다. 사람들을 괴롭히는 스킬을 다룬 영상들이었다. 사람을 꼼짝 못 하게 하는 법, 급소를 공략하는 법, 학교 폭력에 동원되는 방법 같은 것들이었다.

"참기 놀이야. 누가 오래 참는 지 내기하는 거다. 이긴 사람한테 만 원 건다."

지난번 숨 참기 놀이를 기억하는 아이들은 모두 표정을 굳혔다.

"애하고 그리고 너 신참, 둘이 먼저 붙는다."

동욱이가 가리킨 건 무리 중 유일하게 웃고 있는 녀석, 민준이었다.

"나? 뭘 참아야 하는데?"

민준이 눈동자가 그제야 불안하게 흔들렸다.

"그냥 얼굴에 수건 덮고 누워 있으면 돼."

순간 정유는 흐르던 피가 잠시 멎는 것 같았다. 녀석이 구독하는 영상에서 얼핏 본 적 있는 상황이었다.

"그만해. 그만하고 나가자."

정유가 나섰다. 그러자 동욱이는 물끄러미 정유를 쳐다보며 들고 있던 흰 수건을 천천히 목에 둘렀다.

"새끼가 보자 보자 하니 간이 배 밖으로 나왔네. 넌 싫으면 빠져."

그러나 동욱을 즐겁게 해 줄 게임은 오래가지 않았다. 물을 두려워하지 않는 민준이가 두려워하는 게 뭔지 곧 알게 됐기 때문이다.

앵무새 녀석과 나란히 누울 때만 해도 민준이는 아무 말 하지 않았다. 그러나 정유는 보았다. 흰 수건을 겹쳐 얼굴에 올려놓는 순간 민준이의 얼굴이 하얗게 질리고 있었다. 앵무새 꼬리는 간지럽다고 키득키득 웃었지만, 민준이의 모든 움직임은 이미 정지돼 있었다.

"이제 시원할 거야. 숨 참는 거다. 하나 두울 세엣……."

동욱이가 미숫가루를 다 마신 후 물을 채운 커다란 물통의 꼭지 부분을 앵무새 녀석 얼굴 위에 갖다 댔다. 가득 채운 물이 물통을 기울일 때마다 조르륵 흘러나와 얼굴을 덮은 수건을 적셨다. 그러자 앵무새 꼬리는 몸을 움츠리며 키득거렸다.

"야, 간지러워! 그만, 그만. 너 만원 약속했다!"

다음은 민준이 차례였다. 처음에 움찔하던 민준이는 말이 없었다. 그대로 쪼륵 쪼르륵 떨어지는 물세례를 받아 내고 있었다.

30초쯤 지났을까. 곁에서 지켜보며 키득거리던 아이들의 웃음이 잦아들었다. 앵무새 녀석의 키득거림은 몸부림으로 바뀌었고 바닥에 깔아 놓은 수건은 흥건해졌다. 녀석들의 코와 입을 적신 액체가 색소를 제거한 핏물처럼 바닥으로 질펀하게 흘러내렸다. 민준이 몸은 여전히 굳은 채였다.

"어어, 이 새끼들 잘 참는데. 돈이 좋긴 한가 보네. 큭큭!"

더 이상 참지 못한 정유가 동욱에게 다가가 플라스틱 물통을 뺏어 들었다.

"그만해. 그만하라고!"

"이 새끼가 근데! 애들도 재밌다잖아. 다 재밌으면 됐지."

그때 민준이의 수건을 들춰 본 한 친구가 소리를 질렀다.

"야, 애 기절했나 봐. 숨 안 쉬는 거 같아."

민준이가 깨어난 건 찜질방 관리인의 응급처치 후였다. 공포에 질려 순간 숨이 멈춘 거라 했다.

"야, 너희 그런 장난치면 못 쓴다. 큰일 날 뻔했잖아."

"애들이 무서운 게 없네. 잡혀가면 철창 감이여!"

관리인 아저씨와 눈살을 찌푸리며 지켜보던 아저씨가 한마디 씩 하자, 동욱은 뭔가 꾹 참는 목소리로 대답했다.

"장난이라고요, 친구들이랑 장난 좀 친 거라고요."

혈색이 돌아오기는 했지만 민준이는 한동안 계속 헐떡거렸다. 눈에는 눈물이 그렁그렁 맺혀 있었다.

정유는 다른 친구들과 헤어져 민준이를 집까지 바래다주었다. 자신이 할 수 있는 일이 고작 그것뿐이라는 데 화가 났지만 화를 내는 거밖엔 달리 뭘 해야 할지 떠오르지 않았다.

"공중목욕탕 못 들어가는 앤데, 우리 민준이. 폐소공포증이 좀 있어서 숨 막히는 데서는 잠시도 못 있는데 친구들이랑 굳이 가겠다고⋯⋯. 오늘⋯⋯ 별일 없었니? 민준이 때문에 불편한 건 없었어?"

아파트 입구까지 내려와 민준을 맞은 민준 어머니가 조심스럽게 정유 눈치를 살폈다. 없었다고 말하는 정유는 자신의 거짓말이 분명 티가 났을 거라 생각했다. 그런데 성의 없는 정유의 대답 한마디에 아주머니 얼굴이 활짝 펴졌다.

"고맙다. 민준이한테 친구들이 생겨서 아줌마가 너무 기쁘고 고마워."

아빠의 책방으로 향하는 정유의 발걸음이 어느 때보다 무거웠다. 물이 두렵지 않다고 호기롭게 말하던 녀석의 말간 표정이 떠올랐다. 수건 밑에서 급작스레 굳던 몸, 헤어질 때 눈가에 어룽이던 뜻 모를 눈물도. 민준이는 민준이일 뿐이었다.

망할 경계에 서 있는 건 민준이를 뺀 나머지 무리였다. 정유 자신을 포함한……

삼일 만이었다. 그동안 아빠의 책방을 찾지 못했다. 아빠가 늦게까지 책방에 남아 있기도 했지만, 그다음 이야기를 펼쳐볼 용기가 나지 않았기 때문이다.

아빠의 이야기라는 걸 알고도 끝까지 읽어 내는 데는 생각보다 많은 용기가 필요했다.

석이, 철이, 희야. 강자 돌림을 쓰는 아빠 형제들이었다. 철이의 지옥에 한쪽 발끝을 담그고 있는 기분이 든 게 그 때문이었을까. 이들은 자신의 삶에 어떤 식으로든 영향을 미친 피붙이들이었다. 아빠 고향이 광주라는 사실을 정유도 알고 있었다. 아빠의 '오월 앓이'가 그 때문일 것이라고 짐작은 하고 있었지만, 막연히 누구나 한 번쯤 겪는 트라우마 같은 거라고만 여겼다. 아빠가 그때 있었던 일을 정유나 엄마에게 자세히 이야기한 적이 없었기에 더욱 그랬다.

아빠 이야기라는 걸 뒤늦게 깨달은 건 그래서였을 것이다.

신은 역시 공평하다. 공평하게 악을 배분했기 때문이다. 아빠에게 배분한 지옥만큼 끔찍한 지옥을 그 아들에게도 겪게 하고 있다. 그러나 자비롭지는 않다. 자신의 지옥도 버티기 버거운데 아빠가 겪은 지옥까지 그 위에 덮어씌우기를 하려 하고 있으니까.

언젠가 할머니 집에서 강석이 삼촌 사진을 본 적이 있다. 색바랜 옛날 사진 속에서 강석이 삼촌은 교복을 입고 친구들과 활짝 웃고 있었다. 그러나 아빠와 강희 고모가 어른이 된 후 찍은 사진 중에는 삼촌을 찾아볼 수 없었다. 정유는 한 번도 그게 이상하다고 생각해 본 적이 없었다. 강희 고모가 놀러 왔을 때도 아빠와 고모는 삼촌 이야기를 거의 하지 않았다. 삼촌은 그렇게 옛날에 잠깐 있었지만 그 뒤로 쭈욱 없어 온 사람이었다.

그런 삼촌이 갑자기 정유 곁으로 성큼 다가왔다.

정유는 아빠의 지옥으로 깊이 들어가는 게 두려웠다. 그 기록을 계속 읽어 나가는 게 겁이 나는 이유였다. 그러나 그 지옥

을 두 눈으로 확인하기 전에는 그 지옥에서 벗어날 수 없다는
것도 알고 있었다.

　정유가 늦은 밤 책방 문을 열며 떠올린 얼굴은 따로 있었다.
말갛게 씻어 낸 듯한 얼굴로 자신을 배웅하던 민준이와 민준이
어머니였다.

다 함께 벗어날 때까지만

1980년 5월 21일

어제 폭발음 이후로 나는 잠을 설쳤다. 아스라이 들려오는 함성과 소란스러움에 나는 결국 불지옥을 헤매는 꿈을 꾸었다. 사방이 붉은 불길로 막혀 있었고, 시간이 지날수록 거세진 불길이 희야와 형, 그리고 엄마와 아빠를 차례로 집어삼키는 꿈이었다.

악몽에서 깨어난 건 또 다른 열기 때문이었다. 일곱 명의 장정이 내뿜는 날숨으로 다락방은 새벽녘이 되자 찜솥 같았다. 살기 위해 숨어든 찜솥이지만 견디기가 만만치는 않았다. 선교사님이 자칫 군인들의 눈에 띌 수 있다고 주의를 주었지만, 형들은 새벽녘에 잠깐씩 바깥 담벼락 밑에 숨어 숨을 몰아쉬고 들어왔다.

어제 폭발음은 방송국에 불이 붙으면서 시작된 거라 했다. 도시 전체가 생지옥이 된 상황을 사실대로 보도하기는커녕 텔레비전에서 오락 방송과 연속극만 내내 틀어 대자 분노를 참지 못한 시민들이 방송국에 불을 지른 거라 했다.

"작은오빠, 이제 우리 집에 가는 거야? 빨리 집에 가고 싶어."

눈을 뜨자마자 희야는 파자마 차림으로 올라왔다.

집과 가족이 그리운 건 나도 마찬가지였다. 하지만 집마다 쳐들어가 닥치는 대로 때리고 끌고 간다는데 집이라고 안전할까? 대로변을 조금만 지나면 우리 집이었다. 게다가 대학생들을 상대로 하숙을 치는 집들이 몰려 있는 우리 집 골목은 내가 보기에도 그다지 안전해 보이지 않았다.

뚜우우 뚜우우 뚜우 딸칵.

"여보세요오?"

성호 형 할머니였다. 여러 번의 시도 끝에 연결된 할머니 목소리는 다급하고 간절했다. 익숙한 할머니 목소리를 듣자 마음이 놓였다. 그러나 곧 그 위로 돌덩이가 얹혔다.

"할머니, 저 옆집 강철이에요. 혹시 강석이 형한테 연락 온 거 없어요?"

"애고, 니 어디냐? 당최 집에 붙어 있는 것들이 없으니 내 숨 넘어가 살 수가 없다이. 니 형 아까 집에 들어왔다가 다시 나갔다. 니들 데리고 온다꼬. 양림마을 어디 가 본다 카대. 니가 쪽지 남겼다 카면서."

형이 무사하다는 말에 수화기를 잡은 내 손에 힘이 풀렸다. 할머니는 금방이라도 울음을 터뜨릴 것 같았다. 목소리만으로도 10년은 더 늙은 것 같았다.

"할머니……."

'할머니, 터진 수박처럼 붉은 물을 줄줄 흘리며 끌려가던 성호 형은요? 성호 형 살아 있는 거죠? 성호 형은 쓰러진 안내양을 일으켜 세우려 한 죄밖에는 없어요. 그 할아버지의 흰 적삼이 빨갛게 물든 것도 형 잘못이 아니라고요. 제가 봤어요. 제가 다 봤다고요.'

선교사님 댁 수화기는 붉은색이었다. 그날 내가 본 붉은 것들이 한꺼번에 아른거려 멀미가 났다.

"잉, 말혀. 할미는, 할미는 이제 전남대로 가 볼란다. 우리 성호가 구치소에도 읆댜. 끌려가는 걸 본 사람이 있다는디 도대체 이 넘들이 우리 아가를 워디로 끌고 가 뿌렸는지 찾을 수가 읆어야. 어째쓰까잉. 니 형이 그라더라. 전남대에 군인덜한테 끌려간 사람덜 잽혀 있다꼬. 내 그기 걸어서라도 가 볼란다. 니도 몸 조심혀라. 희야 잘 데불고."

할머니는 내 대답도 기다리지 않고 전화를 끊었다. 할머니는 전화는 용건만 간단히 해야 돈이 덜 나온다고 입버릇처럼 말했다. 그 입버릇이 날 살린 걸까. 그날 내가 본 건 할머니에게 얘기하지 못했는데. 그런데 그날 내가 본 걸 얘기하는 게 할머니에게 눈곱만큼이라도 도움이 되는 건지 그것조차 알 수 없었다.

희야가 다른 친구들과 이른 작별 인사를 하고 있을 때만 해도 나는 집에 돌아가 있기로 마음을 먹었었다. 형이 우리를 데리러 오기만 하면 된다. 그러면 집으로 다 함께 돌아가 부모님이 돌아올 때까지 창문을 두툼한 이불로 가린 채 우리가 어렸을 때 즐겨 불렀던 만화주제곡을 메들리로 부르면서 견디면 된다. 마루치 아라치, 전자 인간 337, 그리고 로보트 태권브이……

하지만 그런 일은 일어나지 않았다.

점심을 막 먹고 난 뒤였다. 요란한 총소리와 사람들의 비명이 바로 옆에서 들리는 것처럼 생생하게 들려왔다. 도청 쪽이었다. 다락방은 순식간에 쥐 죽은 듯 조용해졌다. 말 많은 더벅머리 형만이 욕을 해 대며 엉덩이를 들썩였다. 겁에 질린 희야가 다락방으로 뛰어 올라왔다. 도대체 이 총소리는 뭐란 말인가.

"애국가 소리였어. 총소리 전에 들린 거 분명 애국가 소리였다고. 애국가 틀고 나서 무차별 사격이라니 그것들이 이제 진짜 미친 게 틀림없어."

누군가 중얼거렸다.

형이 트럭을 타고 선교원 앞마당에 나타난 건 4시가 조금 지난 뒤였다. 도청 총격전 소식에 선교마을이 발칵 뒤집혀 있을 때였다. 형 말고도 대여섯 명이 붕대를 두르거나 엉망이 된 차림으로 트럭에서 내려 선교원 마당에 들어섰다. 모두 각목이나 쇠 파이프를 하나씩 든 채였다.

"철아, 희야!"

형의 얼굴은 말이 아니었다. 여러 날 씻지 못하고 잠도 못잔 듯 지저분하고 초췌했다. 옷도 입고 있던 교복이 아닌, 군데군

데 얼룩진 더러운 일상복 차림이었다. 이틀 만에 다른 사람이
돼 있었다. 그래도 형은 우리를 보고 웃었다.

"형!"

"큰오빠!"

희야가 울음을 터뜨렸다. 나도 희야와 함께 엉엉 울며 형한
테 매달리고 싶었지만, 꾹 참았다. 이젠 나도 어린아이가 아니
라는 걸 형에게 보여 주고 싶었다.

언제부턴가 형과의 대화가 뜸해졌다. 휴일이면 내가 방망이
로 칠 수 있게 야구공을 던져 주거나 잠자리 날개 하나 흠집 나
지 않게 조심조심 수집 책에 붙여 주던 형이었다. 뭐든 모으는
취미가 있는 사람이 나중에 잘 산다며 자신이 아끼던 우표를
내게 나눠 주곤 했다. 그런데 교복을 입고 있는 시간이 늘어나
면서부터 형은 나와 눈이 마주쳐도 말없이 독서실로 향했다.

그러던 형이 지금은 나와 희야를 보고 웃고 있었다.

형은 트럭 안에서 주섬주섬 카스텔라와 요구르트를 꺼내 희
야 손에 들려주었다.

"시민들이 나눠 준 거야. 형은 많이 먹었으니까 너희 먹어."

트럭에서 내린 형들은 도청 앞 상황을 들려주었다. 광주에서

철수할 것을 요구하며 시위하는 시민들에게 계엄군들이 집단 사격을 퍼붓고 태극기를 들고 나선 사람들을 조준 사격해서 도청 앞이 아수라장이라고 했다. 어른들이 거르지 않고 말하는 동안 나는 희야의 귀를 막아 주었다. 마루치 아라치 주제곡을 불러 주고 싶었지만 가슴이 쿵쾅거려 그만두었다.

형들이 사모님이 내준 아이스 홍차와 구운 소시지를 먹으며 간단한 치료를 받는 동안 형은 내게 그동안 있었던 일을 얘기해 주었다. 형도 계엄군에 쫓겨 여러 번 골목으로 뛰어들어가 숨었다고 했다. 도망치는 시위대를 본 적 없다고 시민들이 목숨 걸고 거짓말을 해 준 덕분에 간신히 몸을 피했다고 했다. 군인들에게 끌려갈 뻔한 적도 있었지만 버스 밑에 밤새 숨어 있다 도망쳤다고 했다.

형의 이야기를 듣는 동안 나는 침이 말랐다. 그저께 밤 혼자 빈 집을 지키며 세상에서 가장 불쌍한 아이가 된 것처럼 울먹거릴 때 형은 살기 위해 밤새도록 버스 바퀴 뒤에 몸을 숨기고 있던 거였다.

"오늘은 형도 지옥 문턱 넘어서는 줄 알았다. 아까 총소리 들었지? 광주 전역에서 사람들이 군인들 손에 죽어나가고 있어.

군인들이 우리를 적으로 몰아 학살하고 있다고. 우리가 힘을 모아 서로를 지키는 수밖에 없어."

형의 눈이 무섭게 빛났다.

"철아, 형 지금 가면 돌아오는 데 좀 시간이 걸릴 거야. 광주 주변 지역에서 총을 구해 오기로 했어. 우리 가족이 안전하게 다시 모이려면 누군가 나서야 해. 형이 돌아올 때까지 네가 희야 보호할 수 있지? …… 희야 찾아낸 걸 보니 네가 형보다 낫네. 형은 여기저기 허탕만 쳤는데."

형은 씩 웃었다. 형의 칭찬을 받아본 게 얼마 만인지 나는 순간 형이 어떤 불구덩이로 뛰어드는지도 잊은 채 얼굴을 붉혔다.

"이강석, 나도 갈게. 트럭에 낄 자리 있지?"

더벅머리 형이었다. 다락방 형들이 어느새 트럭 주변으로 모여들었다.

"이 새끼들 하는 짓거리, 이제 더이상은 못 참겠다고. 몽둥이에 대검에 총까지! 국민을 배신한 군인들은 우리가 나서서 막을 수밖에. 미쳐 날뛰는 놈들한테 그냥 당하고 있을 수만은 없잖아."

더벅머리 형은 형의 대답도 기다리지 않고 트럭에 올라탔다.

선교사님 부부가 난감해했지만, 더벅머리 형은 트럭 위에 자리 잡고 내려올 생각을 하지 않았다.

"나도 간다!"

더벅머리 형 다음으로 나선 건 안경 쓴 대학생 형이었다.

더벅머리 형 눈이 잠시 동그래졌지만 서로 눈이 마주치자 픽 웃음을 터뜨렸다.

"이런 데 휩쓸리는 거 별로지만, 광주부터 지키고 보자. 나라가 우릴 지킬 생각이 없다면 우리가 해야지. 광주는 우리 손으로 지킨다!"

더벅머리 형 옆에 철퍼덕 소리를 내며 앉은 안경 형이 말했다. 누구도 말리지 못했다. 말리는 사람도 없었다.

"사람이 많을수록 힘을 모을 수 있으니 좋죠. 우린 나주 쪽으로 갈 건데 화순이나 목포, 그리고 전남 다른 곳으로도 조를 짜서 구해 오기로 했어요. 여러 군데서 총을 구해 오면 더 빨리 모일 거예요."

형의 눈이 다시 한번 빛났다. 형의 눈을 이렇게 오래 쳐다본 게 언제일까. 하지만 나는 너무나도 낯선 상황에 불안해졌다. 그게 내 얼굴에 쓰여 있었을까. 선교사님 부부에게 인사를 마치고 차에 오른 형이 말했다.

"전부터 생각한 건데, 형이 모은 우표 수집 앨범, 너 가져라. 형은 사실 이제 필요 없거든. 네가 멋진 우표들로 끝까지 채워 줘."

빳빳한 앨범을 한 장씩 넘길 때마다 바스락거리는 속지와 함께 코를 간질이던 달달한 우표 냄새가 떠올랐다. 새 기념우표가 나올 때면 그동안 모은 용돈을 들고 아침 일찍 줄 서는 걸 마다하지 않던 형을 나는 기억하고 있었다. 분명 탐내던 형의 우표책이었다. 하지만 기쁜 마음은 들지 않았다.

요란한 소리를 내며 트럭이 출발하자, 형들이 한목소리로 노래를 부르기 시작했다. 마치 소풍이라도 떠나는 듯했다. 총과 우표책, 얼룩진 형들의 옷과 소풍. 그 어느 것도 자연스럽게 어우러지지 않는 이 상황을 어떻게 받아들여야 할지 알 수 없었다. 나도 모르게 입술을 깨물었다.

희정 이모가 매캐한 거리를 뚫고 초췌한 모습으로 우리를 데리러 왔을 땐 나도 마음을 굳힌 상태였다. 마침 희정 이모는 헌혈할 사람들을 모아 병원으로 들어갈 예정이라고 했다.

"강희야, 오빠도 다녀올게. 오빠가 힘을 보태면 우리가 좀 더 빨리 안전하게 다시 모일 수 있어."

울먹거렸지만 희야는 더 이상 울지 않았다.

"오빠가 약속할게. 우리 가족 다 모이면 그땐 밤새워 진짜 파자마 파티 하는 거야. 너 좋아하는 통닭도 먹고 보름달 빵이랑 라면땅이랑 쌓아놓고 먹자. 아홉 시가 돼도 자는 척 안 해도 돼. 너, 아홉 시가 됐으니 어린이 여러분은 잠자리에 들라는 방송 싫어했지? 너 졸릴 때까지 잠옷 바람으로 신나게 파티하는 거야. 그때까지만 여기서 조용조용 파티하고 있어. 오빠들이 널 지켜줄 거니까 무서워하지 말고."

희야가 좋아하는 간식들을 생각나는 대로 늘어놓고 보니 정말 그러면 좋을 거 같았다. 이 망할 지옥에서 벗어나면 밤새 파티하는 거다. 꼭!

"너도 잠깐 봤지만 이제 병원이 우리가 생각하던 그런 병원이 아니다. 말 그대로 아비규환이야. 아직 어린 널 그곳에 데려가는 게 잘하는 짓인지 모르겠다."

운전대를 잡은 아주머니는 지쳐 보였다. 낮에 있었던 도청 앞 발포 사건으로 많은 사람들이 병원으로 실려 갔고 위급한 환자들이 넘쳐난다고 했다.

"괜찮을 거예요. 자기 일만 해도 되는 세상이 올 때까지만 그렇게 할게요."

나도 모르게 배짱이 생긴 내가 씩 웃었다. 용기도 전염되는 거 같았다.

어처구니없다는 듯 웃음을 흘리던 아주머니가 다시 긴장하기 시작했다. 어디서 군인들이 튀어나올지 모른다고 했다.

거리는 들썩거리고 있었다. 사람들은 트럭이나 버스를 타고 이동하고 있었고 그런 사람들에게 아주머니들은 주먹밥과 물을 건넸다. 박스째 음료수를 내놓고 나눠 주는 가게도 있었다. 주유비도 공짜라고 했다.

"신기하지. 분노가 사람들을 하나가 되게 하다니. 계엄군들만 여기서 몰아낼 수 있다면 뭘 내놓은들 아깝겠니."

이제 나도 그게 무슨 말인지 알았다.

전남대병원에 조금 못 미쳤을 때 아주머니가 차를 세웠다. 여러 명의 누나와 아주머니가 올라타 서로 눈인사를 나누었다. 그중 한 명이 스피커에 연결된 마이크를 잡았다.

"군인 아저씨, 최루탄과 총을 쏘지 마십시오. 우리는 맨주먹입니다. 그러나 우리는 꼭 이깁니다. 시민 여러분, 모두 힘을 합칩시다. 끝까지 물러서지 말고 광주를 지킵시다……!"

애절하고도 단호한 목소리였다. 강석이 형 또래 누나였다. 이 누나들도 '해야 할 일만 해도 되는 세상'을 위해 이렇게 나선 게 틀림없었다.

우리 트럭이 지날 때마다 사람들은 손뼉을 치며 환호했다. 방송 내용에 추가해 달라고 뭔가 적은 쪽지를 건네는 사람들도 있었다. 누나들의 가두방송은 어느새 시민들이 함께 만들어 나갔다. 거리를 돌수록 간절함과 호소력이 더해졌다. 차에 함께 타고 있을 뿐이었지만 나는 덩달아 가슴이 벅찼다.

도청 앞 총격 때 치명상을 입은 환자를 위해 헌혈에 동참해 달라는 내용을 추가하자 여기저기서 트럭에 올라타겠다는 사람들이 나타났다.

지옥에서 벗어나고자 하는 사람들의 바람은 필사적이었다. 그들이 원하는 건 분명했다. 그 지옥에서 혼자가 아니라 다 함께 벗어나는 거였다.

뭔가 시작하기 좋은 날

굳이 따지자면 정유는 모범생에 가까웠다. 그래서 역사도 백 점에 가까운 점수를 받기는 했다. 역사에 특별한 관심이 있던 건 아니었다. 오히려 싫어하는 과목에 가까웠다. 외울 게 많은 건 둘째 치고 그 적나라함이 싫었다.

정유가 보기에 인류의 역사는 남의 것을 뺏고 빼앗기는 아귀 다툼의 연속이었다. 힘 있는 자들일수록 더했다. 특히 근대 이 후 더욱 복잡해지는 사건들을 이해하려 드는 건 부질없어 보였 다. 결국 역사는 시대별로 시험에 나올 부분만 달달 외우는 걸 로도 충분하다는 게 정유가 내린 결론이었다.

5·18 광주 민주화 운동에 관해서도 마찬가지였다. 4·19혁명과 6월 민주화 항쟁 가운데 끼어 있는, 우리나라 민주화 과정에 있어 빼놓고 외울 수 없는 중대한 사건 중 하나일 뿐이었다.

그런데 그 사건의 가운데 아빠가 있었다. 정유가 한 번도 생각해 보지 못한 거였다. 그 안에 아빠의 중딩 시절이 있었고 아빠의 가족이 있었다. 그리고 아빠가 평생 지고 가야 하는 상처가 그곳에서 생겼다.

한 번에 한 챕터씩만 읽을 수 있는 이 괴이한 역사책을 어떻게 받아들여야 할지 정유는 혼란스러웠다. 자기 일만으로도 삶이 버거웠다. 아빠의 중딩 기억을 소환해 자신에게 덮어씌우기 하려는 전지전능한 존재가 정유에겐 얄궂을 뿐이었다.

휴일이었지만 아빠는 텔레비전 앞을 떠나지 않았다. 엄마가 살아 있을 때는 가까운 호수로 나가 매운탕도 먹고 가끔은 전시회도 갔다. 하지만 엄마가 만든 빈자리에 그것들도 몽땅 포함돼 있었다. 소파에 누워 텔레비전을 보다 잠든 아빠를 정유는 물끄러미 내려다보았다. 아빠 얼굴을 오래 바라본 게 언제였을까. 들숨과 날숨을 일정하게 들이쉬고 내쉬는 아빠 모습이 낯설었다.

오십이 훨씬 넘은 아빠였지만 팔뚝과 종아리 근육은 어린 정유와 자전거를 타고 한강 둔치를 왕복하던 때와 크게 다르지 않았다. 키가 작고 팔다리가 얇은 편인 정유가 미처 닮지 못한 부분이었다. 몸이 약한 엄마가 아빠와 결혼하기로 결심한 게 그거였다고 했다. 매달려도 끄떡없을 것 같은 팔다리. 하지만 엄마도 정유도 한 번도 아빠의 팔다리에 매달려 그걸 확인해 본 적은 없었다.

아빠 몸 어디에 그때의 기억이 스며 있을까.

정유는 아빠가 달리기를 잘했다는 사실도, 만화영화를 좋아했다는 사실도 알지 못했다. 말수가 없는 것도, 늦은 나이에 결혼한 것도 당연하게 여겼을 만큼 아빠는 적극적인 것과 거리가 멀어 보였다. 그런데 이야기 속 아빠는 조금 달랐다. 마치 거친 풍랑을 만나 파도 위를 오르내리는 조각배 위에서 돛대에 매달려 끝까지 살아남으려는 소년처럼 보였다. 생사를 넘나드는 상황 속에서 주변 사람들과 함께 돛을 찢어 만든 밧줄로 서로를 지탱하고 있는 것처럼 보였다.

정유가 갖고 있는 기억 속 퍼즐을 조금만 맞춰 보아도 이야기 속 주인공은 아빠가 틀림없었다. 아빠의 과거를 훔쳐보는 건 이상한 기분이었다. 자신이 몰랐던 아빠 모습을 알게 되어 신기한 것과는 다른 이상함이었다. 가장 먼저 든 이상함은 의아함에 가까웠다. 왜 아들인 나하고는 그렇지 않을까. 정유가 아빠와 끈끈한 연대감을 느끼게 해 준 건, 들은 게 확실한지조차 알 수 없는 그 한마디가 다였다. 천둥 치던 날 밤 귓가를 간지럽히던 말.

아빠가 옆에 있잖아.

하지만 그건 유효기간을 다한 지 오래였다. 여섯 살 때 정유가 들은 그 한마디는 아무리 조심조심 빨아 그늘에 잘 말려도 결국엔 희미하게 낡아 버리는 티셔츠의 캐릭터 그림처럼 이미 정유의 기억 속에서 지워져 가고 있었다. 원래 그 자리에 선명하게 새겨져 있었다는 기억만으로는 더 이상 지탱하기 어려운 따뜻함과 위로였다.

정유는 요즘 자신의 깊은 곳에서 무언가 꼬물꼬물 움트는 걸 느꼈다. 연대에의 갈망이었다. 동욱이 무리로부터 한 번도 느껴 보지 못한 거였다. 그들과 한 무더기로 몰려다니면서 마치 하나가 된 것처럼 착각한 적도 있었지만, 그건 편의상 믿고 싶은 거였을 뿐이다.

정유가 그걸 깨달은 건 민준이 녀석이 무리에 들어오고부터였다. 사람들이 녀석의 발 앞에 아슬아슬한 금을 그어 놓고 그걸 넘어서면 더 이상 상대하지 않겠다고 으름장을 놓아도 녀석이 관심 있는 선은 따로 있었다. 자신이 소속되고 싶은 곳이 시작하는 선이었다. 녀석은 자신이 소속되고 싶은 선 안으로 진입하려 무던히 애썼던 거였다.

민준이와 자신이 결코 다르지 않다는 건 그날 목욕탕 사건으로 더욱 분명해졌다. 젖은 수건 밑에서 온갖 수모와 공포를 참아야 했던 건 민준이였지만, 그건 정유 자신이기도 했다. 무언가와 이어져 있는 끈, 그것에 대한 갈망이 민준이를 숨이 멎을 때까지 꾹 참게 만든 거였다.

정유는 아빠가 쥐고 있는 리모컨을 살살 빼서 탁자 위에 올려놓았다. 그러곤 장롱에서 차렵이불을 꺼내 배꼽이 드러난 아빠 배 위에 덮었다. 아빠와 이어져 있던 기억 속의 그 끈을, 필요하다면 자신이 다시 이어야겠다고 마음먹은 건 그때였다.

월요일. 뭔가 시작하기 좋은 날이었다. 정유는 무리와 함께 피시방에 가자는 동욱의 제안을 거절했다. 밀린 숙제가 많다는 핑계를 댔다. 사실이기도 했다.

"요즘 너 뭐 믿는 구석 생겼냐? 영 마음에 안 든다, 이정유!"

문득 동욱이가 자신의 이름 세 글자를 또박또박 발음할 때마다 자신이 긴장하고 있었다는 걸 깨달았다. 정유는 동욱의 눈을 바라보았다.

"내가 믿는 구석은 나지. 아빠하고 약속한 것도 있어서 오늘은 좀 바쁘다."

진짜로 믿는 구석이 생긴 것 같았다. 정유는 한결 여유 있어진 자신의 응대가 조금 맘에 들었다.

"야, 이정유! 이번 주말은 민준이네다."

동욱이가 난데없이 목소리를 낮게 깔았다. 막 어깨에 둘러메던 정유의 배낭이 움찔 흘러내렸다. 동욱이 연달아 두 번이나 자신의 이름을 성까지 붙여 부른 건 처음이었다.

"왜, 또 쫄았냐? 선택해라. 짜져서 떡고물이나 얻어먹든지……."

얼굴을 정유에게 얼굴을 바짝 들이댄 동욱이가 뜨거운 숨을 내뱉었다.

"다시 왕따 딱지 달든지."

반장이 가을에 있을 수학여행 준비 위원장을 정유에게 맡긴 것도 동욱을 의식해서란 걸 정유도 알고 있었다. 부반장과 체육부장을 나두고 굳이 과학부장인 정유에게 중요한 행사를 맡긴 것이다. 반장도 이번 학년을 망치고 싶지 않은 게 분명했다.

'신물 나는 떡고물 너나 많이 먹든지.'

정유는 대답하지 않는 걸로 동욱이에게 맞섰다.

정유가 최우선 순위로 정한 숙제는 책방을 청소하는 일이었다. 집 정리에 서툰 아빠는 책방 정리도 잘 못했다. 여기저기 통로에 오래된 책들을 쌓아 놓은 채 넘어 다니기 일쑤였고 비슷한 부류의 책을 한데 모아 놓는 것도 서툴렀다.

평소 같으면 정유도 아빠가 하던 대로 쌓아 놓은 책더미를 넘어 다니고 원래 꽂혀 있던 자리를 벗어나도 대수롭지 않게 여겼겠지만, 정리 정돈을 결심하고 나니 달라졌다.

정유는 비슷한 부류의 책은 되도록 한곳으로 모아 정리했다. 자신이 좋아하는 잡지와 만화책을 찾느라 어느새 책들의 위치가 익숙해져 있었다. 정리를 하다 보니 보지 못했던 책들이 눈에 들어왔다. 오래된 희귀 잡지들과 수행평가 때 독서록을 쓰느라 찾아 헤맸던 문고판 명작들도 하나씩 눈에 들어왔다. 정

유는 마치 오래전에 숨겨 두어 기억 속에서 지워져 있던 보물을
발견하는 기분이었다.

"아, 이 책이 여기 있었네. 얼마 전 손님이 찾았을 때 한참 찾
았는데."

아빠였다. 주변 식당에서 늦은 점심을 먹고 가게로 복귀한
듯했다.

"조금만 정리해도 보여요."

정유는 자신이 말해 놓고 흠칫 놀랐다. 제 목소리 같지 않아
서 놀랐고 그 말을 건넨 대상이 아빠란 사실에 한 번 더 놀랐
다. 놀라기는 아빠도 마찬가지인 듯했다. 하지만 아빠는 곧 웃
었다.

"그래. 아빠가 정신을 놓고 살았나 보다. 아들이 도와주니 한
결 낫네."

아빠의 웃음도, 아들이란 지칭어도 낯설었다. 정유는 말없이
흐트러진 책을 마저 정리했다. 아빠도 더 이상 이야기하지 않
았다. 대신 평소에 손이 닿지 않던 책장 꼭대기의 책들을 들어
냈다. 사다리를 놓고 올라가 끌어내린 누런 책들로 통로는 금세
가득 찼다. 정유와 아빠는 마스크와 목장갑을 나눠 끼고 말없

이 책들을 분류해서 일부는 다시 올리고 일부는 같은 부류의
책들과 함께 진열했다.

딸랑. 종 모양의 도어벨이 울린 건 그때였다. 정리해 놓은 책
더미를 들고 안쪽으로 들어간 아빠를 대신해 정유가 손님을 맞
았다.

"어서 오세……."

아는 얼굴이었다.

"어, 너…… 너 여기서 일해?"

한아였다. 반가운 기색은 아니었다. 오히려 불안한 얼굴로 주
변을 살폈다.

"아빠 가게야. 찾는 책 있니?"

잠깐 놀라는 눈치였지만 한아는 새침한 얼굴로 돌아왔다.

"서점에서 절판된 책 좀 찾아보려고. 혹시 그림책도 있니?"

정유는 말없이 유아동 서적이 쌓인 곳으로 앞장서 걸었다.

"와, 이 책 나 어렸을 때 좋아했던 건데."

한아가 집어 든 건 〈마르틴 시리즈〉였다. 주인공이 프랑스 여
자아이였지만 섬세한 그림이 마음에 들어 정유도 좋아했던 전
집이었다.

"사촌 동생한테 선물할 책 고르고 있거든. 우리 어렸을 때 좋은 그림책 많았잖아. 근데 요즘 서점에는 내가 찾는 게 없더라고. 겁쟁이 사촌 동생한테 딱인 책인데. 아직 혼자 아무것도 못 하는 아이라 이모가 걱정을 많이 하시거든."

한아가 찾는 책은 아빠 가게에도 없었다. 정유도 기억하는 책이었다. 어렸을 때 아빠가 읽어 주면 정유도 귀를 쫑긋 하고 귀기울였던 책이었다. 한아와 유아 그림책을 뒤적이며 정유는 옛날로 돌아가는 느낌이었다. 밤마다 그림책을 한아름 안고 와 정유 곁에 눕던 엄마가 떠올랐다.

아, 이 책도 아빠가 읽어 주면서 강아지 인형 흉내를 냈었는데. 우스꽝스런 목소리에 정유가 쿡쿡 웃었던 기억이 떠올랐다.

"이건 어때? 이것도 아이들 용기와 관련된 책이었던 거 같은데?"

친구와 가족 덕분에 두려움을 극복한 이야기였다.

"오, 《은지와 푹신이》네. 이 책 나도 기억나. 그래, 딱이다! 이거 내가 사도 되는 거야?"

한아는 새 책 가격의 반도 안 된다며 좋아했다.

책방에 들어설 때보다 밝아진 얼굴로 계산을 마친 한아는 통통 튀는 목소리로 말했다.

"나 가끔 여기 와서 책 구경해도 돼? 동네에 이런 곳이 있다니 대박이다. 나 어렸을 때 보던 책 많은데 그거 여기서 팔 수 있어? 아님 다른 책이랑 바꿔도 좋고."

정유는 물론 된다고 했다. 딸랑 따릉, 도어벨 소리에 장단을 맞추듯 나풀거리며 멀어지는 한아를 정유는 유리문 너머로 물끄러미 바라보았다.

한아가 그렇게 길게 얘기하는 걸 정유는 처음 보았다. 동욱이에게 돈을 갚지 않는 애에게는 빌려줄 수 없다고 따질 때도, 동욱이 책상 위에 '이제 됐지?'란 표정으로 과자를 올려놓고 돌아설 때도 몰랐던 거였다. 한아는 어린애처럼 조잘대는 것을 좋아하는 아이였다.

정유와 아빠는 미리 날을 잡았던 것처럼 일사불란하게 움직였다. 겹겹이 쌓아 두었던 낡은 책더미 속에 의외로 많은 보물들이 숨겨져 있었다. 먼지를 털어 내면 선명해지는 옛 그림책처럼 아빠와의 기억 위에 너무 많은 먼지가 쌓였던 걸까. 아빠와 읽었던 옛 그림책들을 다시 보니 어쩌면 생각보다 더 질긴 끈이 둘을 묶어 주고 있었는지도 모른다는 생각이 들었다.

정유는 불빛이 새어 나오던 책장으로 눈길을 던졌다. 칠흑같이 어두운 밤 날아든 반딧불처럼 자신에게 찾아온 아빠의 그 기록도 어쩌면 그 보물 중 하나일지 몰랐다.

정유가 잠깐 망설이다 아빠에게 이렇게 말할 수 있던 것도 어쩌면 그 기록 때문일 것이다.

"아빠, 주말에 잠깐씩 책 정리하는 거 도울게요. 용돈 그냥 받는 거 죄송했는데."

잠시 침묵이 흘렀다.

"허허 허허허……."

아빠는 그냥 웃었다.

정유는 어색해지기 전에 일어섰다. 그리고 창문을 활짝 열었다.

열어 놓은 창문으로 조용히 햇살이 미어져 들어왔다. 그리고 오랫동안 잠들어 있던 책 먼지들이 그 햇살을 타고 반짝반짝 날아다녔다.

피 묻은 발에 핀 흰 꽃

1980년 5월 23일

선교원 다락방에서 있었던 파자마 파티는 그야말로 안전한 파티였다. 나는 그걸 이틀째 병원과 도청을 다니면서 깨달았다.

엄마나 형이 알았으면 동그래진 눈으로 나를 당장 집으로 잡아끌었겠지만, 며칠 동안 내가 만난 누구도 원래 있어야 할 자리에 있는 사람은 없었다. 나이가 어리다고 예외인 건 아니었다.

적십자병원의 병실은 며칠 전보다 더 참혹했다. 진압봉과 대검으로 시민들을 때리고 찌를 때와 비교도 되지 않는 공포스런 상황이었다. 그저께 우리가 다락방에서 들었던 도청 앞 포격 사건으로 최소 50여 명이 죽고 수백 명이 다쳤다고 했다.

다시 만난 앞치마 누나는 내가 보아선 안 된다고 병실 밖으로 나를 몰아냈지만 그런다고 안 보이는 건 아니었다. 나는 사람의 맨살 속이 어떻게 생겼는지, 그게 어떻게 하면 처참하게 밖으로 드러날 수 있는지를 이미 숱하게 봤다.

처음엔 성호 형을 찾기 위해서였다. 전남대에서도 허탕을 친 할머니는 다음날 내가 다시 전화했을 때 금방이라도 쓰러질 것처럼 기진맥진해 있었다. 나는 말리는 희정 이모를 따라 전남대병원에도 들어갔다. 성호 형을 찾는 게 이 지옥에서 내가 해야 할 일 중 하나라는 생각을 떨칠 수 없었다.

병원에는 낯익은 얼굴이 꽤 있었다. 온 동네 사람들이 운동장 곳곳에 신문지를 깔고 찬합에 싸 온 김밥을 나눠 먹던 국민학교 가을운동회가 잠시 떠올랐을 정도였다. 같은 반 친구 부모가 친구의 형으로 보이는 사람 곁에 들러붙어 있었다. 내가 놀러 갈 때마다 가루 주스를 타서 새우깡과 함께 내주던 아줌마가 온몸을 붕대로 감싼 형 옆에 실신해 있었다. 분명 성호 형 할머니 집에 잘 숨어 있을 줄 알았던 여드름 형이 엉덩이뼈에

박힌 총알을 빼내야 한다고 수술 준비를 하고 있었다. 언젠가 구멍가게 앞 평상에서 시퍼런 콧물을 흘리며 쫀드기를 먹고 있던 꼬마가 얼굴에 붕대를 친친 감은 엄마 옆에서 울고 있었다. 아이 손에도 붕대가 감겨 있었다.

"아니, 얼라 엄마가 얼라허고 그 사지를 나온 거여? 이를 어째쓰까잉."

주변 사람들이 안타까워하자 곁에 있던 할아버지가 울먹였다.

"우린 도청 앞에 가 본 적도 없어라우. 그 근처 사는 게 죄라우. 집 안에 있는디 아, 갑자기 현관 창문을 뚫고 총알이 날아드니 피할 재간이 있어야지라. 장롱을 뚫고 이불에도 총알이 백히고 난리도 아녔어라. 에미가 놀라서 애를 안아불고 피할라 캤는디 총알이 턱에 스친 게라. 애 손에도 파편이 백히고. 썩을 늠들!"

이곳 사람들이 아니면 쉽게 믿지 못할 말들이었다. 어떻게 이런 일이 일어날 수 있는지 그 질문은 이제 의미가 없었다. 일어날 수 없는 일들이 너무나도 아무렇지 않게 일어나고 있는 곳이 바로 이곳이었다.

전남대병원에서도 성호 형은 찾을 수 없었다. 허탕을 치고 어제 희정 이모 집에서 하룻밤을 신세 진 후에도 나는 포기할 수 없었다.

희정 이모와 헌혈 가두방송을 마치고 적십자병원에 막 들어섰을 때였다.

"총기를 구하러 간 학생들이 다쳐서 들어왔댜."

이 말이 나를 병원에 붙들어 맸다. 쏟아지는 환자들과 몸부림치는 가족들 사이에서 나는 확인해야 할 것이 있었다. 그전에는 여기서 한발도 물러설 수 없었다.

내가 침상에서 다시 낯익은 얼굴을 발견한 건 헌혈 방송을 한 차례 더 마친 희정 이모가 나를 데리러 왔을 때였다. 병실 구석에 새롭게 놓인 간이침대를 지나다 숨이 멎는 줄 알았다. 분명 그 형이었다. 강석이 형과 같은 학교에 다닌다던 더벅머리 형. 얼굴이 퉁퉁 붓고 다리와 배가 온통 붕대투성이였지만 다락방에 숨어 있는 게 쪽팔리다며 뛰쳐나온 그 형이 분명했다.

"아니, 이 학생은 그때 선교원에 숨어 있던?"

더벅머리 형을 알아본 희정 이모도 얼굴이 어두워졌다.

형은 의식이 없었다. 혹시나 주변 침상에 아는 얼굴이 더 있는지 샅샅이 뒤졌지만, 없었다.

"희정 이모, 저 여기 있을게요. 형 깨어나는 거 보고⋯⋯."

말끝을 흐렸지만 희정 이모는 단박에 내 마음을 읽었다. 다음날 급한 일을 처리하고 다시 데리러 올 때까지 반드시 병원 안에만 있어야 한다고 다짐을 받은 후 돌아갔다.

나는 더벅머리 형 곁을 지켰다. 보호자가 맞느냐는 의료진의 질문에 그렇다고 얼결에 대답했지만, 환자의 이름과 주소, 부모 이름 어느 것도 대답할 수 없는 엉터리 보호자였다. 고작 형이 숨어 있던 선교원 연락처와 형의 학교, 학년을 알려줬을 뿐이다.

밤새 의사와 간호사가 분주히 형의 침상을 오갔다. 복부에 총을 맞아 당장 수혈하지 않으면 생명이 위태롭다고 했다. 병원엔 이미 헌혈 받을 환자들이 넘쳐났고 혈액은 부족했다. 의료진이 난감해하는 기색이 역력했다. 형의 가족이 빨리 나타나기를 기다리는 가장 큰 이유였다.

헌혈하기에 아직 이른 나이였지만, 한 번도 겪어본 적 없는 괴이쩍은 상황이 열네 살에 불과한 나의 헌혈을 묵인해 주었다. 다행히 몸무게나 체구가 헌혈 가능한 기준을 넘어섰다고 했다.

그다음으로 다행인 건 형과 내가 혈액형이 같다는 점이었다.

밤새 환자들이 더 늘었다. 나는 사람의 인체가 어떻게 처참하게 파괴될 수 있는지 더 다양한 경우의 수를 지켜봐야 했다.

더벅머리 형 옆에서 깜빡 잠이 들었을 때 나는 꿈속에서 강석이 형을 만났다. 형은 한 손에 총을 들고 한 손에는 우표 수집책을 든 채 웃고 있었다. 웃통을 벗은 형의 몸이 온통 붉은색이었지만 형은 아랑곳하지 않았다. 그 옆에서 걱정스럽게 형을 바라보고 있는 사람은 성호 형이었다. 성호 형은 자신을 도와주다 쓰러진 할아버지의 붉게 물든 적삼을 입고 있었다. 나는 두 사람을 불렀다. 하지만 목구멍이 막혀 소리가 나오지 않았다. 성호 형 할머니와 화순에 있는 부모님에게 전화하려 했지만, 공중전화를 찾을 수 없었다. 간신히 전화기를 찾았을 땐 상대방이 통화중이었다.

삐삐삐삐 삐삐삐 삐이이이……

악몽을 깨운 건 심전도 기계 소리였다.

놀라 눈을 떠보니 주기적으로 오르내리던 형의 심장 박동이 삐 소리와 함께 일직선을 그리고 있었다.

"저기, 여기 환자 좀 봐 주세요!"

의료진을 부르는 내 목소리가 떨렸다. 꼭 조금 전 꾸었던 꿈의 연장 같았다. 목소리가 목구멍에 걸려 나오지 않았다.

곧 의료진이 달려왔다. 잠시 후 형 머리 위로 흰 천이 덮였다.

어렸을 적 흰 홑이불을 뒤집어쓰고 귀신 놀이 하던 기억이 떠올랐다. 더벅머리 형이 귀신을 맡기로 한 걸까. 온몸이 덜덜 떨렸다.

형이 아직 하지 못한 게 너무 많은데. 그리고 물어보지 못한 것도 많은데.

형은 총을 구해 오지도 못했고, 휴교령이 떨어진 후 학교에 다시 나가 보지도 못했다. 다락방의 형들과 진짜 엠티를 해 보지도 못했고, 형이 해 보고 싶다던 미팅도 해 보지 못했다. 형이 제일 먹고 싶다던, 엄마가 비벼준 매운 열무국수도 못 먹은 채였다. 그때 다락방을 뛰쳐나가서 좋았냐고도 못 물어봤다.

해 본 것보다 해 보지 못한 게 더 많은 형이란 건 내가 보증할 수 있다. 겨우 하룻밤 파자마 파티를 했을 뿐이지만 우리는 하고 싶은 걸 억누른 채 함께 공포의 밤을 보냈다. 그러니 잘 안다. 그런데 왜 벌써……

나는 입술을 깨물었다. 더벅머리 형이 잘못된 건 함께 트럭을 타고 떠난 우리 형이 잘못된 거나 다름없었다. 도대체 교실에서 책과 씨름하던 형들이 왜 이렇게 죽어 나가야 하는 거야, 왜? 가슴에서 뭔가가 솟구쳤지만, 꽉 막힌 목구멍을 뚫고 나오지 못했다.

형이 영안실로 옮겨졌을 때쯤에야 형의 부모님이 형을 찾아왔다. 다락방에서 샌드위치와 소시지를 받아먹으며 쪽팔리는 파자마 파티를 하고 있을 줄 알았던 자식이 싸늘하게 식어 있는 상황을 그들이 이해할 리 없었다.

나는 더 이상 버티지 못하고 영안실을 나왔다. 병원 문을 나섰다. 이른 시간인데도 사람들의 발길이 끊이지 않았다. 이들이 곧 만날 지옥이 떠오르자 진저리가 쳐졌다.

더벅머리 형에게 묻지 못한 건 또 있었다. '우리 형은 어딨어요?' 답을 듣지 못한 내게 떠오른 건 앞치마 누나의 지푸라기 같은 말이었다. 그날 총격 이후 계엄군들이 비우고 간 도청에 시민들이 모여 자치를 시작했다고 했다. 그곳에서 사망자와 부상자들을 집계하고 있다고 했다. 곧 합동 분향식이 열린다고 했다. 그곳이라면 형의 소식을 알 수 있을지 몰랐다.

흐르는 눈물을 손등으로 닦으면서 나는 도청을 향해 걸었다.

나도 모르게 으으으 낮은 소리를 내며 울고 있었다. 길을 걷다 엄마의 치맛자락을 놓친 어린아이 때로 돌아간 것처럼 막막했다. 그땐 울고 있으면 다 해결될 거라 생각했다. 실제로도 그랬다. 하지만 이젠 내가 울고 있어도 나를 바라봐 주는 사람이 없었다. 계속 내 주변을 맴돌던 죽음이라는 녀석이 구체적으로 나를 지목해 나타난 것만 같았다. 고약한 골리앗과 나쁜 것만 입력된 전자 인간이 동시에 나타나 숨어 있는 나와 내 가족에게 이제는 너희 차례라고 검지를 들이밀 것만 같았다.

거리에 계엄군은 더 이상 찾아볼 수 없었다. 자신들이 만들어 끝까지 악랄하게 헤집어 놓은 지옥을 버리고 그들은 도망쳤다. 대신 교복을 입은 고등학생들과 시민들이 엉망이 된 거리를 치우고 있었다. 길거리에 커다란 솥단지를 걸고 밥을 짓는 아주머니들도 있었다. 커다란 솥단지에서 김이 무럭무럭 오르자 지나가던 트럭과 미니버스에서 내린 시민군들이 길거리에 주저앉아 아주머니들이 가득 담아 주는 밥과 반찬으로 허기를 채웠다. 마치 골리앗을 물리친 다윗과 백성들이 다시 평화를 맞은 것만 같았다.

"한 줄로 서서 명단에 행방불명자 이름을 써 주세요. 연락처와 보호자 이름 꼭 쓰시고요. 그리고 혹시 모르니 인상착의도 간단히……."

도청에는 벌써 긴 줄이 서 있었다. 가족들의 생사를 확인하려는 사람들이었다. 가족들이 신고한 행방불명자 명단을 여러 병원의 입원 환자, 사망자 명단과 대조한다고 했다.

'혹시 모르니'라는 말은 무서운 말이었다. 그게 무엇을 뜻하는지 병원 영안실까지 다녀온 나는 잘 알고 있었다. 줄 선 사람들도 알고 있을까. 그들은 웅성거리며 사라진 형제자매와 자식이 어떤 옷을 입고 나갔는지 옆 식구와 확인하기 바빴다.

나는 성호 형과 강석이 형, 두 사람의 차림새를 자신있게 쓸 수 있는 유일한 사람이었다. 하지만 형들의 옷차림과 머리모양을 자세히 써 내려가는 내 손은 떨고 있었다.

형은 나를 칭찬했었다. 형도 찾지 못하는 희야를 찾아냈다고. 그래. 나는 형들도 찾을 수 있다. 더벅머리 형은 놓쳤지만, 성호형과 강석이 형까지 놓칠 수는 없었다.

"너 여기 있었구나."

앞치마 누나였다. 헐렁한 흰 티에 얼룩이 묻은 앞치마를 두른 누나가 커다란 박스를 들고 도청 상무관으로 들어서고 있었

다. 단발머리에 이마를 덮은 앞머리가 처음 봤을 때보다 헝클어

져 있었다.

"누나도 누가 실종됐어요?"

"실종…… 됐지. 친구들도 실종됐고, 손님들도 실종됐고. 평

화도 자유도 다 실종 상태지."

누나는 여전히 얼룩진 앞치마를 두르고 있었지만 병원에서

쓰고 있던 마스크는 벗고 있었다. 단발머리와 쌍꺼풀진 눈만

봤을 때는 고등학생인 줄 알았는데, 이제 보니 푹 꺼진 볼 때문

인지 나이가 더 들어 보였다.

"난 목포가 고향이야. 고등학교 다니다가 가정 형편 때문에

아는 사람 소개로 여기 장의업체에서 일하고 있었는데, 계엄군

이 내려온 날 주인이 대학생 아들 데리고 먼 친척 집으로 떠났

어. 혼자 숨어 있으면 뭐 하겠니. 배운 게 도둑질이라고 관 쓰

고 염하는 일 도와주다가 환자까지 돌보게 된 거야."

누나는 덤덤하게 말했다. 나는 누나 이름을 물어볼까 하다가

그만두었다.

"병원보다는 여기가 더 내 손이 필요할 거 같아서 넘어온 거

고. 그나저나 광주 시내 관이 바닥나 큰일이네."

누나는 이미 업무 지시를 받았는지 물품 목록과 물품을 대조하며 빠르게 움직였다.

아니다. 더벅머리 형 이름을 끝까지 몰랐다는 데에 생각이 미치자 나는 마음을 고쳐먹었다.

"저, 전 이강철이라고 해요. 누나는요?"

누나는 잠깐 나를 빤히 바라보았다. 그러다 픽 웃었다.

"내 이름 까먹을 뻔. 네가 처음이다. 이 난리 통에 내 이름 물어본 거."

누나 이름은 정애라고 했다. 정애 누나.

"누나랑 잘 어울려요."

그러자 정애 누나가 깔깔 웃었다. 병원에서 봉사한 이후 소리 내 웃는 것도 처음이라 했다.

누나는 곧 바빠졌다. 그저께 총격전 이후로 사망자가 늘어난 데다 오늘 광주 주변 지역에서도 여기저기서 총격전이 벌어졌다고 했다.

총격전 이야기에 다시 한번 가슴이 덜컥 내려앉았다.

"오늘 명단을 제출했으니 확인되려면 좀 기다려야 할 거야. 일할 사람도 적고 워낙 부상자랑 실종자들이 많아서."

정애 누나는 기다리는 동안 할 일이 없으면 자신을 따라오라고 했다. 내가 거들 일이 있다고 했다.

"너 어린데도 왠지 듬직하다. 너희 엄마 아시면 나 혼나겠지만. 위험하지 않은 일만 하는 거야, 넌. 누나 말 알겠지?"

자기 자리가 아닌 생뚱맞은 곳에 혼자 나와 있었지만, 누나는 씩씩했다.

"저기 잘라 놓은 천 보이지? 넌 남은 천 그렇게 잘라 놔. 미리 해 놔야 시신 오면 바로바로 덮을 수 있어. 그리고 좀 있다 주변 돌아다니면서 빈 병 좀 주워 와. 그래도 가는 길에 촛불 하나씩은 밝혀 줘야지."

도청 상무관 안에는 태극기를 덮은 관들이 즐비했다. 들어가지 못하게 줄을 쳐 놨지만, 유족들이 그 옆에서 목을 놓아 울부짖고 있었다. 관마다 촛대로 쓰이는 빈 병이 하나씩 놓여 있었다. 정애 누나는 초가 꺼지지 않게 지키는 게 고인에 대한 작은 예의라고 말했지만, 시신이 풍기는 냄새를 지우기 위한 목적도 있다는 걸 알아차리는 데는 오래 걸리지 않았다.

"다 타 버린 초도 새 걸로 갈아 주고. 아까 보니 저쪽에 양초 박스 있더라."

정애 누나는 원래부터 여기서 일하던 직원인 것처럼 일을 시키는 데 막힘이 없었다.

나는 울고 있는 유족들과 아직 관을 쓰지 못한 시신들에게서 애써 눈을 돌리며 누나가 시킨 대로 했다. 시간이 지날수록 태극기를 덮은 관들이 늘어났다. 한눈에 봐도 베니어판으로 급하게 짜고 여기저기 못이 튀어나온 엉성한 관이었다. 그 위로 쓰러져 몸부림치는 유족들을 지탱하기에도 위태로워 보였다.

곡소리는 갈수록 높아졌다.

"그래도 저 사람들은 나은 거야. 아직 실종된 가족을 만나지 못한 사람도 많고 신분을 알 수 없는 사망자도 많으니."

정애 누나는 말을 마치고 아차 싶었는지 나를 바라봤다.

안 그래도 내 손은 떨리고 있었다. 손도 떨리고 아랫배도 서늘했지만 나는 누나가 시키지 않은 일까지 했다. 잘라 놓은 흰천으로 아직 신원이 확인되지 않은 사망자를 덮는 일. 천을 덮으면서 얼굴을 확인하고 있다는 걸 누나도 눈치챘을 거였다.

"강철아. 이제 그만 집으로 돌아가는 게 어때? 도청은 낼 다시 나와 봐도 되잖아. 아니면 확인되는 대로 누나가 너한테 연락해 줄게."

정애 누나의 말투는 처음 봤을 때보다 많이 누그러져 있었다. 파자마 파티 같은 건 함께 한 적 없어도 그보다 더한 공포의 파티를 함께 해서였을까. 한 번도 만난 적 없던 사람들이지만 함께 지옥을 겪고 있다는 이유만으로 나는 이곳에 있는 게 더 마음 편했다. 아무도 없는 빈집보다 이곳이 형들과 더 가까운 곳이라는 생각도 들었다. 어디선가 강석이 형과 성호 형이 자신을 애타게 찾고 있을지 모른다는 생각을 하니 더더욱 혼자 숨어 있을 수 없었다.

시신들의 발에 흰 양말을 신겨 주는 젊은 아주머니가 눈에 들어온 건 그때였다. 몸을 눕힐 관조차 아직 만나지 못한 사망자들이 엉성한 깔개 위에 몸을 누이고 있는 곳이었다. 아주머니는 준비해 온 흰 양말 꾸러미를 들고 다니며 이미 온기를 잃고 굳어 버린 발을 정성스럽게 감쌌다. 낯익은 얼굴이었다. 깔개가 **빽빽**해지기 전 입관하는 시신들의 얼굴을 하나하나 씻어 주던 얼굴이었다.

군인들을 피해 달리고 넘어지느라 상처투성이가 된 시신들의 발이 다시 살아난 것 같았다. 다시 살아나 흰 꽃이 핀 것처럼 보였다.

나는 발에 피어난 수십 개의 흰 꽃들을 보며 작은 소리로 중얼거렸다.

"괜찮아요. 저도 도울게요."

다른 생각은 할 수도 없었다.

오월의 파자마 파티

"정유야, 우리 민준이 잘 부탁한다."

하굣길에 민준이 어머니가 정유에게 내민 건 알약 한 통과 잠옷이었다. 정유가 발작을 하거나 숨이 가빠지면 먹어야 하는 약을 정유는 알고 있었다. 그런데 잠옷은 생각지 못한 거였다.

"아, 아줌마 선물이야. 내일 파자마 파티 때 입으라고. 요즘 애들은 파자마 파티 때 유행하는 캐릭터 잠옷 입고 밤새 논다 며. 그래서 민준이 거 주문하면서 네 것도 골라봤어. 민준이가 정유 너한테 선물하고 싶다고 해서. 맘에 들지 모르겠구나."

민준이 어머니 얼굴은 반반이었다. 반은 웃고 반은 울고 있었다. 정유는 나머지 반도 웃기를 바랐다. 그래서 어색하지만 일부러 활짝 웃어 보였다.

"잘 입을게요. 민준이 약도 잘 챙겨 먹일게요."

선물이라도, 주는 걸 덥석 받는 건 예의가 아니라고 엄마가 말했었다. 하지만 왠지 이번엔 그래야 할 것 같았다. 내가 쇼핑백을 선선히 받아 들자 민준이 어머니와 옆에 서 있던 민준이 얼굴이 동시에 활짝 펴졌다.

민준이 어머니는 내일 지방에 있는 민준이 아버지에게 내려간다고 했다. 건강이 안 좋아진 아버지에게 약을 전달해야 한다고 했다. 집이 비어 있는 주말에 맘껏 놀라고 했다. 언제부턴가 민준이 어머니는 동욱이가 아닌 정유에게 민준이를 부탁하고 있었다.

"쳇, 엄마한테 허락받은 파자마 파티라니. 무슨 유치원생도 아니고. 갈수록 꼬락서니가 원."

동욱이도 눈치채고 있었다. 민준이 어머니는 이제 더 이상 동욱이에게 용돈을 부쳐 주지 않았다. 대신 무리 한 명 한 명에게 선물을 했다. 비싸서 애들은 선뜻 사지 못하는 질 좋은 필기도구 세트나 요즘 유행하는 브랜드의 텀블러 같은 거였다.

호시탐탐 기회를 엿보는 사냥꾼처럼 동욱이는 눈을 가늘게 뜨고 꼬투리를 찾았다.

오늘 국어 수행 준비 시간에 있었던 일은 그중 최악이었다.

"자료 조사는 나하고 정유가 맡으면 어떨까?"

한아였다. 정유네 모둠은 영상 콘텐츠와 비교한 활자 콘텐츠의 장점을 주제로 정한 참이었다.

"정유네 중고 책방에 잡지나 만화책도 많더라고. 요즘 만화책이랑 비교할 수 있는 옛날 만화책도 많으니까 자료 만들기 좋을 거 같아. 그야말로 살아 있는 자료들이잖아. 학교랑 가까워서 자주 모이기도 좋고."

한아의 목소리가 통통 튀었다. 다른 모둠원들도 흥미로워하며 고개를 주억거렸다. 정유와 동욱이만 예외였다. 동욱이가 특히 그랬다. 매우 흥미로워하긴 했다. 그러나 호기심에 반짝하던 눈빛이 단박에 날카로워졌다. 먹이를 발견한 승냥이의 그것으로 바뀌는 데 몇 초도 걸리지 않았다.

"정유네 중고 책바앙?"

팔짱만 끼고 아이들을 지켜보던 동욱이 우렁우렁한 목소리로 끼어들었다. 일순 모둠원의 눈길이 동욱이와 정유를 번갈아

빠르게 스캔했다.

"좋지. 거 좋네. 중고 책방에 오래된 만화책이라……, 정겹네. 하하 하하 하하하. 자식, 그런 게 있었으면 형한테 말을 했어야지."

억지스러운 녀석의 웃음과 정유의 굳은 얼굴을 번갈아 살피던 한아는 재빨리 두 손으로 입을 가렸다.

"어머, 내 얘긴 그게…… 그게 아니라……."

한아가 얼굴을 붉히며 말끝을 흐렸다.

"그래, 좋아. 자료 조사 같이 할게. 한아야, 그건 나중에 따로 약속 잡자."

자신의 말실수에 눈물까지 반짝거리는 한아를 구제한 건 정유였다.

이미 엎질러진 물이었다. 동욱이 무리에게 자신과 아빠의 은신처를 훼손당할 수는 없지만, 더 이상 숨길 수도 없었다. 무엇보다 더 숨길 이유도 없었다.

국어 수업을 마친 후에 동욱이는 별말이 없었다. 화난 얼굴을 하고 있다가 아이들이 말을 걸면 느닷없이 싱글거렸다. 그러고는 수업을 마치자마자 서둘러 가방을 챙겨 사라졌다.

정유는 무언가 동욱이와 자신 사이에 변화가 일어나고 있다고 생각했다. 꼬집어 말할 수는 없지만 자신이 그런 것처럼 동욱이도 뭔가 차곡차곡 쌓아 준비하고 있다는 생각이 들었다.

더 이상 피할 생각은 없었다. 지옥이란 걸 알았다면 그곳에서 벗어나는 게 순서였다.

"정유야, 미안. 널 곤란하게 할 생각은 없었어. 난, 너랑 친하니까 당연히 동욱이네도 다 아는 줄 알고. 경솔하게 얘기 꺼내서 진짜 미안해."

가방을 챙기는 정유에게 다가온 한아는 빠르게 쏟아 놓으며 울먹였다. 순간 정유는 궁금해졌다. 이 아이도 자신이 있어야 할 자리에서 벗어나 갈 곳을 모른 채 방황해 본 적이 있을까. 통통 튀어 듣기 좋은 한아의 목소리가 한풀 꺾이자 쇳소리처럼 들렸다.

"아니, 미안해해야 할 사람은 네가 아냐."

이런 걸 데자뷔라 하던가. 정유는 과거에 누군가 했던 말을 자신이 하고 있다는 사실이 이상했다. 하지만 어쩐 일인지 자신도 그와 똑같이 알고 있었다. 사과는 잘못한 사람이 해야 하는 거고 사과를 한 다음에는 다시는 같은 잘못을 반복하지 않으려

애써야 한다는 거.

"그리고 나 걔네랑 안 친해."

말해 놓고 보니 정리되는 느낌이었다. 정유는 자신이 무엇을 기다리고 있으며 무엇을 마음먹어야 하는지 비로소 알 것 같았다.

"고마워. 한아야."

한아는 어리둥절해했다. 곧 연락하겠다며 연락처를 교환한 정유를 물끄러미 바라보다 뒤늦게 정신을 차린 한아는 폰을 꺼내 들었다. 그러곤 정유가 남긴 번호에 첫 문자를 보냈다.

교문을 나서던 정유는 두 개의 문자를 받았다. 동욱이와 한아였다. 동욱이 문자가 조금 빨랐다.

서브 아지트가 있음 있다고 말을 해야지. 자식 쑥스러워하긴.
네 신고식은 다음 주말이다.

문자 끝에 딸린 주먹 이모티콘이 동욱이가 진짜 하고 싶은 얘기라는 걸 정유는 알고 있었다.

긴 한숨 끝에 받은 다음 문자는 한아였다.

정유야, 단지 두려움 때문에 누군가에게 과자를 바치는 일은 두 번 다시 없을 거야. 너도 힘내!

정유는 미소 지었다. 한아의 고백은 자신이 해야 할 두 번째 우선순위와 정확히 같았다. 하나에서 멀어지면 다른 하나와는 가까워지는 건가. 혼자 중얼거리며 정유는 웃었다. 가슴 밑바닥에 아직도 오래된 두려움이 두텁게 고여 있었지만, 정유는 그래도 아주 조금 즐거워졌다.

아직, 시작하기 좋은 5월이었다.

어제 잠옷을 받을 때 민준 어머니에게 음식을 많이 준비할 필요가 없다고 얘기했던 건 그냥 해 본 말이 아니었다. 라면 한 냄비와 치킨 몇 마리면 열네 살 머슴애들의 먹성을 채우는 데 충분했다. 그러나 민준 어머니의 마음은 역시나 차고 넘쳤다. 라면과 치킨은 물론 피자와 불고기, 아이스크림 케이크와 간식거리까지 그야말로 풀 파티 음식이었다.

동욱이는 뒤늦게 나타났다. 동욱이가 나타난 건 먼저 도착한 정유와 무리들이 요즘 유행하는 아이돌 음악을 들으며 음식을 주섬주섬 차려 놓고 있을 때였다. 늘 무리를 거느리고 다니던 동욱에겐 없던 일이었다.

벨이 울리자 앵무새 꼬리가 쪼르르 현관으로 달려 나가 스피커폰에 찍힌 동욱의 얼굴을 확인했다.

"어, 뭐야. 우리 먼저 가 있으라더니 다 이유가 있었던 거야?"

심드렁한 앵무새 녀석의 말에 막 열린 현관문으로 시선이 쏠렸다.

동욱이는 혼자가 아니었다. 그 녀석과 함께였다. 덩치는 동욱이보다 작았지만 키만큼은 동욱이보다 큰, 얼마 전에 전학 온 전학생이었다.

동욱이가 녀석을 무리에 끌어들이기 위해 동분서주했다는 걸 정유는 알고 있었다. 전학 온 지 하루 만에 교실에서 가장 큰 목소리로 호탕하게 웃고 떠들던 녀석이었다. 녀석을 유심히 살피던 동욱이 눈을 빛내기 시작한 건 그때부터였다.

동욱이는 바로 녀석에게 접근하지 않았다. 자신을 중심으로 한 반의 질서를 한 발짝 떨어진 곳에서 지켜보게 했다. 그리고 천천히 녀석의 정체를 파악했다. 부모님을 따라 외국에서 살다

왔다는 전학생은 새로운 걸 많이 알고 있었다. 자유롭게 구사하는 영어는 물론 발표할 때 보면 공부 머리도 제법 있었다.

결국 먼저 몸이 단 건 동욱이었다. 오합지졸 같은 구성원을 물갈이하기에 좋은 기회로 여긴 듯했다. 일주일쯤 지나자, 녀석도 동욱과 무리를 중심으로 움직이는 반의 기류를 읽은 듯 무리에 관심을 보이기 시작했다. 어제 학교가 끝나자마자 동욱이가 바짝 붙어서 어디론가 데리고 간 녀석도 바로 이 전학생 녀석이었다. 중고 책방 사건과 관련한 응징을 미룬 것도 그 때문이었던 셈이다.

"너희 이 친구 알지? 한석우. 이제 우리랑 같이 움직인다."

소파 위에 가방을 던지며 동욱이가 말했다.

"와, 오늘 누구 생일이냐? 식탁 다리 휘어지겠다. 니네 잘 먹고 노는구나. 역시 노는 물이 다른가 보네."

석우란 녀석은 마치 자신의 생일상인 양 식탁으로 성큼 다가섰다.

"이 집 주인한테 허락받고 앉아야 하는 거 아냐? 남의 집 왔으면 손부터 씻고."

정유가 나섰다. 그러자 안절부절못한 건 민준이었다.

"나, 나 괜찮아. 앉아. 다 같이 앉자. 석우 앉자. 동욱이 앉
자……."

노력하고 있는 듯 보였지만 얼굴은 찡그린 채였다.

"뭐, 이 새끼가…… 이젠 지가 대장인 줄 아네. 이정유, 너 일
루 와 봐."

동욱이가 검지를 까딱이며 정유를 불렀다.

"아, 잠깐!"

석우였다. 석우가 항복하듯 두 손바닥을 활짝 펴 들면서 둘
사이에 끼어들었다.

"손 씻고 올게. 됐지? 어이, 민준! 여기 너희 집 맞지? 우린 대
출 풀로 받아도 모자라서 이 아파트 포기했는데. 와, 집 진짜
좋다."

동욱이의 눈이 잠시 흔들렸다.

어색한 식사가 끝나고 나서도 동욱이는 얼굴을 펴지 않았다.
다른 녀석들도 동욱의 눈치를 살폈다. 오직 석우만 웃고 떠들었
다. 진정한 파자마 파티는 이런 것이라는 듯. 석우는 마치 원래
이사 오려던 자기 집인 것처럼 거침없었다.

"피자에 탄산이 빠지면 섭한데."

욱여넣은 피자를 씹다 말고 이렇게 말한 것도 석우였다. 무리가 모두 한목소리로 동의한 건 그때가 처음이었다.

"맞아. 어째 콜라 사이다가 없냐, 파티에……."

민준이는 탄산음료를 마실 줄 몰랐다. 어렸을 때 소풍을 갔다가 친구가 건네준 콜라를 한 모금 마시고는 그대로 자지러지며 뒹굴었다고 했다. 그런 아들을 둔 엄마가 탄산 음료를 준비하지 않은 건 이해할 만했지만 아이들은 탄산을 포기하려 하지 않았다.

민준은 자기가 사 오겠다고 했다. 정유가 따라나섰다.

5월이지만 한낮엔 한여름 같았다. 그런데 해가 지고 나니 선선했다. 반소매 밑으로 드러난 팔뚝에 기분 좋은 소름이 일었다. 편의점으로 이어진 산책로는 더없이 조용하고 쾌적했다.

"난 5월이 제일 좋다. 봄도 아니고 여름도 아니고, 춥지도 않고 덥지도 않고 뭔가 정체를 드러내지 않는 것 같은 희미함과 편안함이 좋아."

누군가에게 하고 싶었던 말이었다. 아빠의 5월병이 잠깐 떠올랐지만, 그 때문에 5월을 포기하고 싶진 않았다. 그러자 민준이가 대답했다.

"민준이는 6월이 좋아."

"왜?"

"5월에 친구가 생겼으니까."

"……."

"6월엔 친구랑 같이 있을 수 있으니까."

하아. 역시 민준이가 경계에 서 있다는 건 사람들의 오해다. 민준이는 지극히 안전하게 금 안에 들어와 있었다.

정유는 민준이와 둘이 산책로를 걷는 게 좋았다. 그래서 단지 내 편의점에 둘이 찾는 과자가 없다는 핑계를 대고 산책로를 빙 돌아 큰길가에 있는 마트까지 갔다. 커다란 카트에 둘이 먹고 싶은 과자를 잔뜩 담았다. 카트에 우스꽝스럽게 매달리는 민준이를 보며 정유는 오랜만에 마음 놓고 깔깔거렸다. 민준이가 왜 6월이 좋다고 했는지 비로소 이해할 수 있을 것 같았다.

다시 민준이의 집으로 돌아왔을 때는 어쩐 일인지 거실이 조용했다.

"킥킥, 으윽!"

낯선 소리가 새어 나온 건 민준이 방이었다.

아이들이 민준이 방에 모여 있었다. 민준이의 컴퓨터가 켜져 있었고 모니터 화면에 중딩 아이들이 엉켜 있는 게 보였다. 민준이 방에서 모니터를 바라보는 자신들이었다. 눈을 동그랗게 뜬 무리의 모습이 플랫폼 영상으로 실시간 공개되고 있었다. 침대 위에 비스듬히 누워 무리의 영상을 폰에 담는 동욱이만 제외돼 있었다.

석우의 얼굴이 클로즈업된 것은 그때였다. 이상한 소리를 내고 있는 건 녀석이었다. 녀석은 자신의 두 손으로 자신의 목을 조르고 있었다.

"칵칵 캑캑……."

"안 돼. 석우 죽는다. 말려, 말려!"

상황 판단은 민준이가 더 빨랐다. 민준이가 석우에게 달려들어 석우를 제지하자 동욱이가 낮게 소리쳤다.

"병신 새끼들 없을 때 빨리 끝내라 했지. 야, 저 새끼 좀 치워."

석우의 눈동자가 뒤집어지고 있었다.

블랙아웃 챌린지였다. 동욱이 폰의 알고리듬이 물어다 놓은 영상 속 챌린지를 정유는 알고 있었다. 자기 목을 졸라 기절하는, 한때 아이들 사이에서 유행했던 한 플랫폼 챌린지였다.

무리 중 하나가 민준이를 거칠게 떼어 내자, 민준이가 바닥으로 나가떨어졌다. 쿵 소리와 함께 민준이의 움직임이 멎었다. 책상 모서리에 부딪힌 머리를 감싸안은 채였다.

정유가 제일 먼저 한 건 석우를 쓰러뜨리는 일이었다. 자기보다 덩치가 큰 석우를 쓰러뜨리려면 뒤에서 공격하는 수밖에 없었다. 정유는 석우를 뒤에서 끌어안고 잡아당기면서 소리쳤다.

"정신 차려. 정신 차리라고, 새꺄! 기절이 아니라 죽을 수도 있다고!"

정유가 안고 있던 배를 세게 누르자 석우가 비로소 자기 팔을 목에서 떼어 냈다. 그러곤 허리를 꺾으며 기침과 토악질을 했다. 바닥은 석우가 내뱉은 토사물로 금세 질퍽해졌다. 그러자 무리가 소리를 지르며 방 밖으로 흩어졌다. 동욱이가 폰을 내던지고 정유에게 달려든 건 그때였다.

"이 새끼가!"

동욱이의 주먹은 매서웠다. 자신이 가장 두려워했던 게 이거였는지 모른다는 생각이 들자 정유는 피식 웃음이 나왔다. 그걸 보자 동욱이 눈에 다시 불꽃이 튀었다. 곧바로 정유의 몸 어디선가에서도 번쩍 불이 일었다. 입안에 찝찔한 게 고였다. 정

유는 찝찔한 액체를 뱉지 않고 삼켰다. 자신도 이 정도는 감수
해야 했다.

"사과해, 애들한테……."

정유가 쓰러지면서 중얼거린 말이었다.

우리를 잊지 말아 주십시오

1980년 5월 27일 새벽

시민 여러분, 지금 계엄군이 쳐들어오고 있습니다. 사랑하는 우리 형제, 우리 자매들이 계엄군의 총칼에 숨져가고 있습니다. 우리 모두 계엄군과 끝까지 싸웁시다. …… 우리는 광주를 사수할 것입니다. 여러분, 우리를 잊지 말아 주십시오.

새벽 3시 30분. 도청 옥상의 고성능 스피커에서 애절한 여성의 목소리가 흘러나오고 있다.

이제 조금 후면 도청에 계엄군들이 들이닥칠 것이다. 이 도시를 지옥으로 만든 죄를 깨닫고 도망간 줄 알았던 계엄군이 장갑차와 더 큰 병력을 끌고 돌아온다. 자신의 잘못을 인정하기는커녕 여전히 시민들을 빨갱이 폭도로 본 채였다.

더 막강해진 골리앗을 물리치기 위해 도청과 시내 곳곳에 300여 명의 다윗이 대기하고 있다고 했다. 무장을 했다고는 하지만 대부분 총을 쏴 본 적도 없는 학생이거나 젊은 사람들이었다. 정말 돌팔매만으로 다윗이 덩치 큰 골리앗을 이겼을까. 형은 총싸움은커녕 돌팔매질도 해 본 적이 없는데……. 새벽 4시가 가까워질수록 아랫배가 서늘해졌다.

형은 오늘 밤만 도청을 지켜 내면 된다고 했다. 아침이 되면 수많은 시민이 거리로 몰려나와 함께 싸울 거라 했다. 그때까지만 버티면 된다고 했다. 형과 통화 중이던 엄마의 수화기를 빼앗고도 내가 제대로 말문을 열지 못하자 형이 날 위로하며 들려준 이야기였다.

우리는 최후까지 싸울 것입니다. 시민 여러분……, 계엄군이 쳐들어오고 있습니다…….

그들이 예고한 시간이 다가올수록 스피커의 음성이 울음소리에 가까워졌다. 희정 이모의 트럭에서 가두방송을 하던 누나의 목소리인 것 같기도 했고 아닌 것 같기도 했다. 떨고 있어서인지 더 가늘게 느껴졌다.

평소라면 이미 모두 잠들었어야 할 시간이었다. 방송을 듣고 이제라도 도청을 사수하기 위해 뛰쳐나가는 사람이 있을까. 아무리 귀를 쫑긋 세워도 확성기 소리 말고는 풀벌레 소리도 들리지 않았다. 이불을 쓰고 희야와 꼭 붙어 있었지만, 턱이 떨렸다.

그저께 부모님이 목숨을 걸고 몇몇 사람들과 함께 산길을 넘어 돌아온 날부터 우리는 안방에 모여 잤다. 두꺼운 이불로 창문을 가리고, 어린이가 모두 잠들어야 하는 아홉 시가 넘어도 희야와 마루치아라치 주제곡을 부르며 라면땅을 먹었다. 희야는 친구들이 있는 선교원의 파자마 파티를 잠시 그리워했지만, 대신 이제 무서운 꿈을 꾸지 않는다고 했다. 내가 바라던 게 이뤄진 거다. 딱 하나만 빼고.

형이 없다.

형을 도청에서 만난 건 3일 전이었다. 도청 상무관에서 자원봉사를 한 지 이틀째였고, 부모님이 집으로 돌아오기 하루 전이었다.

시내가 제법 질서를 회복해 가고 있었다. 일터로 다시 돌아간 사람들도 있었다. 하지만 사람들은 여전히 계엄군과 대치 중인 시민군들을 위해 김밥을 싸고 최루탄 가스를 막아 낼 두툼한 마스크를 만들어 날랐다. 도청 앞에서 수천 명의 시민이 모여 대책을 의논하는 범시민 궐기대회가 열리기도 했다.

"너한테 이런 것까지 시켜서 어떡하니. 힘들면 언제든 말해."

정애 누나는 바쁘게 손을 놀리다가도 가끔 내게 김밥이나 음료수를 건넸다. 한창 클 땐 잘 먹어야지, 뭔가를 내밀 때마다 누나는 이렇게 말했다. 도시 전체가 지옥이었다가도 어느 순간 내 집인 것 같은 착각이 든 건 희정 이모와 정애 누나 덕이었을 것이다.

적십자병원과 전남대병원에서 더 많은 시신이 도청 상무관으로 넘어왔다. 시신을 수습하고 합동 장례식을 치르기 위해서였다. 갑자기 늘어난 시신들을 수습할 손이 더 필요했다. 대학생 형과 누나들이 도왔지만 그들은 곧 각자 다른 일을 맡아 흩어졌다. 어정쩡하게 잡다한 일을 맡아 하던 내가 시신관리팀 막내로 불리게 된 게 그 때문이었다.

"막내야, 이분 초 좀 갈아 줄래?"

"막둥아, 저기 솜 좀 가져와서 여그 학생 콧물 좀 막아 줘야 쓰겄다."

머리맡에 촛대를 하나씩 밝히고 누워 있는 분들이 가족과 합동 장례식을 기다리는 동안 상무관은 마스크 없이는 견딜 수 없는 곳이 됐다. 눈, 코, 입에서 흘러나오는 분비물을 막으려면 솜이 필요했고, 솜으로 사망자들의 품위를 끝까지 지켜 주는 일이 그나마 일이 덜 밀리는 막내에게 돌아갔다.

"이제 그만 집에 가 봐야 하지 않니? 동생도 기다릴 테고 부모님이 오셨을지도 모르는데."

도청에서 봉사하는 사람들을 위해 밥 짓는 일을 맡은 희정 이모가 내게 밥을 퍼 주며 말했다. 많은 양의 밥을 한꺼번에 짓느라 떡이 돼 버린 밥에 반찬도 두어 가지뿐이었지만 모두 함께 하는 따뜻한 밥이었다.

"옆집 할머니랑 통화했어요. 엄마 아빠가 군인들 눈 피해서 산길 따라 올라오고 있다고 했대요. 내일쯤 도착한다니까 그때까진 있을게요."

"그래? 무사히 오셔야 할 텐데. 선교원에 동생 데리러 갈 때 나한테 말해. 데려다줄게. …… 그런데 찾는 형들은 찾았니?"

성호 형 할머니를 떠올리니 다시 마음이 무거워졌다. 전화 통화를 하기 전 나는 도청에서 우연히 할머니를 만났다. 시민 봉사자들이 차로 돌아다니며 부상자와 시신들을 실어 나르면서 병원을 찾는 가족들도 태워 주고 있었다. 다시 만난 할머니는 몰라보게 늙어 있었다. 우리 아그들 어째쓰까잉, 내 팔을 잡고 할머니는 계속 이 말만 되풀이했다.

"다른 도시로 데려간 사람들도 많대요. 여기 없는 게 더 나은 걸 수도 있어요. 너무 걱정하지 마세요, 할머니."

내가 할 수 있는 말은 그것뿐이었다. 도청 실종자 명단에 올려놓은 성호 형의 인적 사항과 맞는 사람은 아직 찾지 못한 상태였다. 할머니는 내 팔을 한참 쓸어내리고 알지 못하는 사람들 관 옆에서 함께 통곡하다 해가 질 무렵 돌아갔다.

성호 형이 용감하게 저항하다 크게 다쳤다는 말은 내 가슴에만 묻어두기로 했다. 지금 할머니를 지탱하고 있는 가지가 너무 앙상하다는 걸 알기 때문이었다.

정애 누나가 앞치마를 휘날리며 뛰어와 급하게 나를 찾은 게 그때였다.

"강철아, 누가 너 찾는다. 빨리 가 봐."

정애 누나는 뛰어올 때와 다르게 밝은 표정을 지으며 팔짱을 꼈다.

형이었다.

턱으로 누나가 가리킨 곳에 강석이 형이 있었다. 가방 대신 긴 총을 메고 있었지만 분명 형이었다.

"강철아!"

형은 나를 보고 얼굴을 활짝 폈다. 나는 대답 대신 형을 와락 껴안았다. 눈물이 뺨을 타고 흘러내렸지만, 그냥 놔두었다. 이 제 내가 어린애처럼 보이는 건 아무래도 상관없었다. 형이 살아 있으니 그걸로 충분했다.

며칠 만에 형은 더 야위었다. 몸은 야위었지만 확신에 찬 눈 빛 때문인지 형은 전에 없이 단단해 보였다. 웃고 있는 형의 얼 굴을 보자 안도감과 함께 슬픔이 몰려왔다.

"형, 더벅머리…… 아니 그날 같이 트럭에 탄 형 친구, 어제 병원에 입원했어. 그런데 지금은, 지금은 영안실에……."

내가 더 말을 잇지 못하자 형의 얼굴이 단박에 어두워졌다.

"뭐?"

형이 주먹을 꾹 쥐자 팔뚝의 핏줄이 도드라졌다. 순식간에 형의 눈가가 빨개졌다.

"충호 녀석, 그때 계엄군들 피해 도망친 줄 알았는데……."

잠시 후 셔츠 소매로 얼굴을 닦고 나서 형이 내 팔을 잡았다. 붉어진 형의 목울대가 꿀렁거렸다. 형이 내 눈을 찌를 듯 바라보며 팔을 더 세게 쥐었다. 느닷없이 쏘아보는 눈총 때문인지 형이 멘 총 때문인지 순간 내 몸이 움찔했다.

"이강철!"

형의 핏발 선 눈을 보니 다시 울컥 뭔가가 솟구쳤다.

"너 여기서 이러고 있으면 안 돼! 넌 이제 겨우 중학생이야. 네가 있을 데가 아니라고. 넌 집에서 엄마 아빠 모시고 희야랑 안전하게 있어야 해. 당장 돌아가!"

거스를 수 없는 목소리였다.

"어이, 강석이 동생 너 자주 본다. 형 닮아서 용감한데."

형에게 다가와 얼룩진 내 앞치마를 내려다보던 남자가 말했다. 안경 형이었다. 단정한 모습으로 다락방 벽에 기대앉아 책만 보던 형은 며칠 새 다른 사람이 돼 있었다. 셔츠는 지저분했고 어깨엔 형의 것과 똑같은 총이 걸쳐져 있었다. 나는 고개를 푹 숙여 인사했다. 반가웠다. 살아 있는 게 자연스럽고 당연한 건 옛날 얘기였다.

충호 형이었구나. 아주 잠깐이지만 의식을 잃은 그 형의 침상을 지켰고 병원 규정을 어기며 피를 나눈 형이었다. 샌드위치로 배가 안 찬 덩치 큰 중학생에게 캬라멜과 과자를 나눠 준 형이었다. 충호 형…… 나는 더벅머리 형의 이름을 작게 소리 내 불러 보았다.

형네 팀은 결국 나주에서 총을 얻지 못하고 충호 형과 몇몇 대원을 잃은 채 목포로 넘어갔다고 했다. 목포에서 우여곡절 끝에 총을 구해 오늘 광주로 들어온 거였다.

나는 형의 어깨에 걸쳐져 있는 총이 계속 마음에 걸렸다. 그게 얼마나 무서운 건지 병원과 상무관에서 며칠을 자고 먹은 나는 잘 알았다.

눈치 빠른 형이 내 어깨를 툭툭 쳤다.

"걱정 마. 그냥 호신용이니까. 형은 당분간 YWCA에서 대학생 형들이랑 자원봉사 할 거야. 시내가 아직 안전하지 않아. 할 일도 많고. 엄마 아빠도 곧 오신다니 희야 데리고 넌 집에 있어.
차 편 준비되는 대로 바로 돌아가!"

형은 한 번 더 눈에 힘을 주었다.

"강철, 가족을 잘 부탁한다!"

형의 눈에 다시 붉은 물기가 도는 걸 나는 놓치지 않았다.

"하지만, 형! 형이 안 해도 되는 거잖아. 형도 겨우 고등학생
이잖아!"

안 그러려고 했는데 눈에 눈물이 고이고 입술이 삐죽거렸다.
그러자 형은 내 어깨를 꽉 잡았다 놓았다. 그리고 한참 만에 입
을 열었다.

"철아, 형은 모든 걸 원래 자리로 돌려놓고 안전한 데서 공부
하고 싶어. 이게 지금 형이 할 일이야. 그리고 형은 혼자가 아니
야. 그게 중요한 거지."

내 눈을 뚫을 것 같던 형의 눈에 다시 부드럽게 물기가 어렸
다. 내가 기억하는, 온화하지만 거스를 수 없는 힘이 실린 형의
눈이었다.

그날 형과 얼굴을 보며 나눈 마지막 대화였다.

엊저녁에 통화할 때도 형은 별말이 없었다. 오늘 밤을 잘 버

티면 내일은 돌아갈 수 있을 거라고만 했다.

"강석아, 몸조심해야 헌다. 낼은 꼭 다 함께 모여서 아침 먹자. 너 좋아하는 청국장 바특하게 끓여 놀 테니. 니가 고생이 많다……."

형을 잘 아는 엄마도 말을 아꼈다. 그동안 있었던 일을 전해 들으면서 가슴을 쥐어뜯던 엄마였지만 형의 결심에는 토를 달지 않았다. 나에게 수화기를 뺏긴 후 소리죽여 흐느꼈을 뿐이다. 나뭇가지를 헤치고 돌부리에 걸리며 산길을 넘어오느라 허리를 다친 아빠도 마찬가지였다. 수화기 옆에서 형 목소리에 귀를 기울이던 아빠는 정작 수화기를 건네받고는 떨리는 목소리로 한마디 했을 뿐이다. 조심해라, 몸조심해야 헌다……. 전화를 끊고도 아빠는 말이 없었다. 여전히 연속극만 내보내고 폭도 이야기만 떠들어 대는 방송을 보며 혀를 차고 욕할 뿐이었다.

계엄군들은 최종 시한을 어제 자정으로 못 박고 그때까지 시민군이 도청에서 철수하지 않으면 강제 진압할 거라 했다. 그들은 시민 대표들이 요구하는 사과와 배상, 책임자 처벌을 모두 거부했다고 했다. 남은 300여 명의 다윗이 전쟁을 결심한 이유였다. 형은 자세히 말하지 않았지만, 말하지 않아도 모두 다 알았다.

"걱정 마, 막둥이 강철 씨. 희정 이모랑 취사 담당 아줌마들, 저녁으로 카레라이스 맛나게 해 놓고 다 귀가하셨어. 여자들은 남고 싶어도 못 남아. 나도 마지막으로 여기 일 마무리하고 다른 봉사자들이랑 근처 무슨 교회라던데 거기로 피신해 있을 거야."

내가 성호 형 할머니 전화를 빌려 도청으로 전화했을 때 다행히 정애 누나와 통화가 됐다.

"네 형은 아마 도청에 남는다지. 고3이라도 고등학생은 되도록 남지 말라 했는데, 형이 남겠다고 우겼어. 나중에 네 형 많이 치켜 줘라. 여기 남은 사람들 진짜 용기 있는 사람들이다. 누나도 교회 가서 밤새 기도할게."

전화를 끊고 나서 나는 아무 생각도 할 수 없었다. 돌팔매마저 서툰 다윗 중 하나가 우리 형이었다. 자랑스러움이 먼저인지 걱정이 먼저인지 알 수조차 없었다. 그저 멍했다.

…… 우리는 광주를 사수할 것입니다. 여러분, 우리를 잊지 말아 주십시오.

우리를 잊지 말라니. 곱씹어 보면 무섭고 슬픈 말이었다. 그 '우리' 안에 형이 있다. 가슴이 울렁거렸다. 뱃속에 검은 기름이 가득 찬 듯 불길하고 고약한 맛이 올라왔다. 형이 마지막으로 먹은 건 카레라이스라고 했다. 형이 마지막으로 씹어 넘긴 밥알도 지금쯤 형 뱃속에서 쓴 물을 올려보내고 있을 것이다. 토할 것 같았다.

이제 곧 그들이 무력 진압을 예고했던 새벽 네 시다.

조금 전까지 들려오던 카랑카랑한 방송은 이제 더 이상 들리지 않았다. 금방이라도 뛰쳐나가고 싶게 방망이질 해 대던 그 소리가 도청 사람들과 바깥 사람들을 이어 주는 끈이었다는 걸 방송이 끊긴 다음에야 비로소 깨달았다. 이제 들리는 거라곤 사방이 조용해진 틈을 타 더 요란하게 쿵쾅대는 내 심장 소리뿐이었다.

꼭 태풍의 눈 안으로 들어온 것 같았다. 아니 원래는 이게 맞는 거였다. 새벽 4시라면 누구나 가족의 목숨 걱정 없이 잠들어야 하는 시간이 맞다. 아무 소리도 들리지 않아야 하는 게 맞다. 하지만 지금은 무엇보다 그 불길한 고요함에 숨이 막혔다.

"군인들도 정신 채리고 도청 안에 있는 사람들 집에 돌려보

낼 겨. 어딜 봐서 니 형이 폭도고 빨갱이냐. 날 밝으믄 다 밝혀
질 겨. 잘못한 것도 없는데 나라에서 설마 그 젊은 사람들을 죄
다……."

안절부절못하는 나를 보며 역시 잠들지 못한 엄마가 말했다.
목이 꽉 잠긴 코맹맹이 소리였다.

'엄마는 못 봐서 그래요. 그놈들은 무슨 짓도 할 수 있어요.
어리다고, 약하다고 봐주지 않아요. 강도보다 전자인간보다 악
랄하고 못됐다고요."

"공부밖에 모르는 니 형이 어딜 봐서 나라에 해를 입힐 적이
라고……."

엄마가 끅, 울음을 삼켰다. 나는 알았다. 남은 자식들을 위해
엄마와 아빠가 할 수 있는 게 참는 것뿐이라는 걸.

나는 이를 악물었다. 내 손등을 깨물었다. 형을 집으로 끌고
와야 했다. 엄마, 아빠, 희야를 모두 동원해서 형이 그곳에 남
지 못하게 해야 했다. 형이 남으면 나도 남을 거라고 생떼를 썼
어야 했다. 도청 정문 앞에 드러누웠어야 했다. 형은 이제 고등
학생일 뿐이라고 살려달라고 소리를 질렀어야 했다.

정확히 네 시가 넘어가자 도청 쪽에서 총소리가 울렸다.

탕 탕 탕탕탕!

온 세상이 잠에서 깨어난 듯 일시에 수런거리기 시작했다.

탕탕탕 탕 탕 탕 탕…….

도청 쪽에서 총소리가 길게 이어지고 곧 시내 곳곳에서도 총성이 울렸다.

동시에 짐승의 울음소리 같은 게 한꺼번에 터져 나왔다. 내 입에서였다. 엄마의 목구멍에서였고 아빠의 깊은 뱃속에서였다. 희야를 부둥켜안고 엄마에게 안겼지만 멈출 수 없었다. 그 총구들이 모두 나를 겨냥하고 있는 것만 같았다. 아니 분명히 그랬다. 그러지 않고는 이렇게 몸이 갈가리 찢기는 것처럼 고통스러울 수는 없었다. 총소리가 탕, 탕, 울릴 때마다 내 몸이 텅, 텅, 튕겨 올랐다. 총소리가 길게 이어졌을 땐 다리가 먼저 이불을 박차고 튀어 나갔다.

그러나 더 빠른 건 아빠였다. 아빠가 형보다 열 배는 아프게 내 어깨를 찍어 눌렀다.

"안 돼! 아빠가, 아빠가 갈게. 아빠가 가서 형 데려올게. 안 돼. 너까진 안 돼, 여깄어."

말보다 신음에 가까운 소리였다. 아빠는 파자마를 벗어 던지고 아무렇게나 바지를 꿰어 입었다. 그러자 엄마는 더이상 울음소리를 참지 않았다. 끄억끄억, 낯선 소리를 토해 내며 아빠의 바짓가랑이를 잡고 늘어졌다. 그 틈을 타 내 다리가 재빠르게 문지방을 넘어섰다. 하지만 이번에는 아빠가 내 팔뚝을 그악스럽게 움켜쥐었다. 한 손으로 아빠의 옷자락을 그러쥔 엄마도 다른 손으로 내 허리에 매달렸다. 한덩어리가 된 아빠와 나를 억척스런 두 팔로 감싸안고 필사적으로 매달렸다.

"안 돼, 안 돼……. 안 돼애애!"

엄마가 머리를 흔들며 나와 아빠를 더 세게 안았다. 뒤에서 나를 껴안은 강희도 엄마와 똑같이 했다. 어느새 넷 모두 서로를 꼭 붙든 채 '안 돼'를 외치며 울부짖고 있었다. 총소리가 요란해질수록 넷의 숨죽인 울부짖음도 성난 짐승소리에 가까워졌다. 그 소리가 고막과 심장을 동시에 물어뜯었다.

꿈에서 본 불지옥이었다.

새벽 다섯 시 반. 밤새 울리던 총성이 잦아들었다. 갑자기 적막이 찾아왔을 때는 모든 게 달라져 있었다. 내 가슴을 누더기로 만든 총알 자국이 그랬다. 울다 잠든 희야의 낯선 얼굴이 그

랬다. 외출복 차림으로 안방 문에 기대 앉은 아빠의 웅얼거림
이 그랬다. 형의 이름을 부르짖다 까무러친 마당의 엄마도 마찬
가지였다.

어제와 다른 하루가 희부옇게 열리고 있었다.

너는, 나는 혼자가 아니야

신고를 한 건 민준이었다. 내가 동욱이에게 맞고 있을 때, 머리를 감싸안고 뒹굴던 녀석이 옆방으로 사라지는 걸 다른 녀석들이 미처 알아채지 못한 거였다.

곧 경찰이 들이닥쳤고, 파자마 파티는 끝났다. 파자마는 입어보지도 못한 채였다.

동욱과 무리가 친구들끼리 장난친 거라고 눙치려 했지만 이미 동욱은 불리했다. 민준이가 사람이 죽어간다고 신고를 한 데다, 반실신 상태로 널브러진 석우와 입술이 찢어지고 눈두덩이 부풀기 시작한 정유가 말 한마디 하지 않고도 생생한 증인이 되었기 때문이다.

곧 가해자인 동욱과 무리, 피해자인 정유와 석우의 부모님이 소환됐다. 경찰은 민준이를 어찌 분류해야 할지 난감해 했다. 그러나 민준이가 신고자라는 점과 경계성 자폐라는 민준이의 병력을 확인하고는 곧 열외로 분류했다.

무리 중 누구도 자신이 피해자라 말한 사람은 없었다. 석우의 부모님은 얼굴을 붉히며 학폭 가능성을 호소했지만, 석우는 자신이 원해서 챌린지에 도전한 거라고 진술했다.

정유 역시 동욱이 말에 반박하지 않았다. 장난을 치다 우발적으로 일어난 몸싸움일 뿐 악의는 없었다는 동욱이 말에 동의했다. 그 순간 정유를 뚫어지게 바라본 사람은 정유 아빠였다. 입술에 피딱지가 앉고 눈두덩이 퉁퉁 부은 정유를 보고 처음엔 당황한 기색이 역력했지만, 아빠는 곧 차분해졌다. 사사건건 따지는 석우 아버지와 달리 경찰의 조서 작성에 순순히 응했다. 정유가 장난이었다고 말했을 때도 아빠는 눈을 한 번 날카롭게 빛냈을 뿐 묵묵히 듣기만 했다.

정유의 증언에 열심히 고개를 끄덕인 건 동욱이 엄마였다. 언니라 부르며 따랐던 정유 엄마가 떠난 뒤 정유와의 만남은 처음이었다. 그동안 동욱이 때문에 골머리를 앓아온 동욱이 엄마는 그 대상이 정유란 사실에 더욱 난감해 하긴 했다. 하지만 어릴 적 친구끼리 장난을 치다가 충분히 그럴 수 있다는 데 쉽게 수긍한 참이었다.

경찰은 결국 우발적으로 일어난 아이들 장난으로 결론짓고 훈방 조치했다. 석우 아버지는 끝까지 더 수사를 해 봐야 한다고 우겼지만, 경찰은 피해자들의 피해 사실이 분명하지 않고 어차피 촉법소년이라 수사 확대의 동기가 약하다는 말만 되풀이했다.

경찰서를 나오며 낮은 목소리로 뱉은 동욱이 말이 그거였다.

"흥, 니들이 용을 써 봐라. 난 12월생이다. 앞으로 7개월 안엔 끄떡없다고. 누구든 근질거리는 새끼 나와 봐. 내가 저세상으로 보내줄 테니."

만 열네 살까지는 극악 범죄를 저질러도 나라에서 처벌하지 못한다는 걸 녀석이 모를 리 없었다. 동욱이의 폭행 사실이 밝혀진다 해도 법적으로 감당해야 할 몫은 없다는 얘기다. 학교의 처벌 또한 동욱이에게 치명타를 안기기는 어려웠다. 학폭위의 주인공이 되는 걸 두려워하는 건 평범한 아이들뿐이다. 동

욱이에게 학폭 낙인이 찍히는 것은 거추장스러운 일일 뿐 두려
운 일은 될 수 없었다.

정유가 동욱의 비행을 까발리지 않은 건 자신도 분명히 설명
하기 어려웠다. 형사처벌을 받지 않는 만 14살 미만의 촉법소년
기한을 의식해 자포자기하듯 그런 건 물론 아니었다. 법의 제재
로부터 자유로운 포악한 중딩에게 죽임당할 것을 염려해서도
아니었다.

일단은 자신의 손으로 끝내고 싶은 게 있었다. 스스로 내던
진 자신의 품격을 제자리로 돌려놓고 싶었다. 40여 년 전 돌팔
매질조차 서툴렀던 수많은 다윗이 그랬던 것처럼 스스로에게
떳떳해지고 싶었을 뿐이다.

다시 일상으로 돌아왔을 때 적어도 겉보기에 달라진 건 없었
다. 여전히 동욱을 중심으로 무리가 형성돼 있었고, 아이들은
동욱이와 적당한 거리를 두면서도 잘 지내고 싶어 했다. 석우도
여전히 호탕한 웃음으로 동욱이 무리의 우위를 입증하는 데
한몫했다.

달라진 게 있다면 정유였다. 정유는 더 이상 동욱의 과제나

수행평가를 대신 해 주지 않았다. 시험에 대비한 요약 노트 제공도 멈추었다. 처음엔 얼굴이 붉으락푸르락했던 동욱이도 더는 매달리지 않았다.

"좋은 게 좋은 거지. 뭔데, 이리 줘 봐. 내가 하나 더 하지 뭐."

석우였다. 자연에서 얻은 발명품 아이디어를 조사해 오는 과학 숙제였다. 일찌감치 발표를 끝낸 석우가 동욱의 과제까지 선뜻 맡고는 한나절 만에 메일로 쏘아 주었다. 표정 관리에 공을 들이는 눈치였지만, 뻔뻔한 동욱이도 이번만큼은 자존심이 상한 듯 한동안 입을 다물었다.

정유는 더 이상 무리와 어울려 급식 줄에 새치기하지 않았다. 매점에서 샌드위치를 사 먹거나 민준이와 차례대로 줄을 서서 먹곤 했다.

반에도 변화가 일어나기 시작했다. 변화를 주도한 건 한아였다. 한아는 정유에게 약속했던 자신의 다짐을 실천했다. 남아도는 과자 한 봉지 동욱에게 바치지 않았다. 동욱이가 눈치를 줘도 그랬다. 친구들과 과자를 먹는 한아 옆에서 머리를 털거나 지저분한 이야기를 늘어놓아도 한아는 꿈쩍하지 않았다. 오히려 동욱이를 경멸하는 눈으로 쳐다봤다.

계산 중인 친구 옆에 툭 끼어들어 과자 값을 대신 내게 하는 수법도 잘 안 먹혔다. 말없이 자신의 것만 계산하고 재빨리 사라지는 아이들이 하나둘 늘어났다.

올 것이 온 건 그러던 어느 날이었다.

"너지?"

동욱이는 교문 앞에서 정유를 기다렸다. 귀찮아 죽겠다는 표정이었다.

"더러운 주동자 새끼, 너잖아."

"뭐래."

정유는 지나치려 했다. 그러자 동욱이가 몸으로 막아섰다.

"이정유, 너 많이 컸다. 키워 주니까 아주 기고만장이네. 내가 다른 건 몰라도 그 꼴은 못 보거든?"

동욱이의 눈빛이 번뜩였다. 순간 정유는 움찔했다. 두려웠다. 동욱이가 골리앗이라면 자신은 다윗의 막내 동생뻘쯤도 안되었다. 다윗이 골리앗을 이기는 건 이야기 속에서나 가능한 일이다.

"새끼, 쫄긴. 그래, 그래야 정상이지. 발발 떠니 쫌 귀엽네. 내 특별히 한 번 더 기회를 준다."

가슴으로 정유를 밀어붙이던 동욱이 한 발짝 떨어지며 말했다.

"그날 처맞은 거 입 다물어 줬다고 내가 고마워할 줄 알았냐? 천만에. 그건 당연한 거지. 그동안 받아먹은 게 있으니 사람이면 그 정돈 당연히 갚아야지. 게다가 몇 대 치지도 않았는데. 것도 살살."

동욱이는 주먹으로 정유의 가슴을 살살 두드렸다. 그러곤 다시 얼굴을 들이댔다.

"살고 싶으면 납작 엎드리는 게 좋을 거야. 서브 아지트도 오픈하고."

동욱이 입에서 훅, 더운 김이 끼쳐왔다. 역겨웠다.

"이번 주 토요일이다. 그때까지 생각할 시간을 줄 테니 그 좋은 머리 잘 굴려 보라고. 앞으로 남은 학교생활 잘하려면 어떤 게 현명한 선택인지."

동욱이가 돌아서며 주먹을 들어 보였다.

"재밌는 만화책이랑 잡지, 알지? 이번엔 제대로 놀아 보자고, 친구!"

동욱이는 히죽거리며 아이들이 기다리는 곳으로 천천히 걸어
갔다. 석우와 앵무새 꼬리, 그리고 예의 무리였다. 그새 새로 들
어온 낯선 얼굴들도 보였다. 잠깐 석우와 눈이 마주쳤다. 무표
정한 얼굴로 이쪽을 바라보던 석우가 정유와 눈이 마주치자 웃
음을 지어 보였다. 석우는 민준이 집보다 좁아도 괜찮다면 부모
님이 집을 비운 날 자기 집을 무리의 아지트로 써도 좋다고 했
다. 그때도 석우는 저렇게 말간 표정이었다.

정유는 횡단보도를 건너 사라지는 무리의 뒷모습을 지켜보았
다. 한 발 떨어져서 보면 더 잘 보이는 것들이 있다. 정유는 자
신과 민준이가 빠진 무리가 훨씬 그럴듯해 보인다고 생각했다.
다행이었다. 자신이 다시 들어갈 일은 없을 테니.

"나, 나도 갈게. 민준이 자리 있지?"

이것도 데자뷔인가. 어느새 민준이가 곁에 다가와 있었다. 두
손으로 신발주머니 끈을 꼬며 민준이는 정유 눈치를 살폈다.

민준이는 그날 자신이 경찰에 신고한 게 잘못이라고 생각하
고 있었다. 혼란스러워하는 민준이를 돕는 방법은 더 이상 이
런 일에 연루되지 않게 하는 거였다. 정유는 머리를 흔들었다.

"아냐, 민준아. 나 혼자 갈게. 아빠가 계시니 별일 없을 거야. 너까지 또 위험에 빠뜨릴 순 없어."

갑자기 한 인물이 떠올랐다. 끝까지 의리를 지키려 한 더벅머리 형. 정유는 다시 한번 머리를 저었다.

"민준아, 넌 그날 절대 그곳에 오면 안 돼."

이번엔 그 애들이 널 가만히 안 둘 거야.

딩동댕. 다음 파란불이 들어왔을 때 정유는 쏜살같이 달렸다. 민준이를 떼어 내야 했다. 이건 자신이 시작한 싸움이었다. 다른 피해자를 만들 수는 없었다.

토요일 오전, 정유가 책방에 도착했을 때는 완전히 다른 가게가 돼 있었다.

물걸레로 닦아 낸 바닥은 반질반질했고, 통로를 다시 막기 시작했던 책들은 치워져 한쪽에 차곡차곡 쌓여 있었다. 아빠는 아이들이 좋아할 만한 책들을 눈에 띄는 곳에 배치하고 한쪽에 밀어 둔 채 아무렇게나 책을 쌓아 두었던 커다란 탁자 위를 말끔히 치워 가게 중앙으로 옮겨 놓았다. 그 위에는 먹음직스런 쿠키와 젤리를 담은 유리 단지도 놓여 있었다.

"괜찮니? 아빠가 꾸미는 데 영 소질이 없어서……."

"이렇게 안 해도 돼요. 친한 애들도 아닌데."

망설이다 아빠에게 이야기한 건 어제 저녁 식사 때였다. 오늘 오후만 책방을 자신이 쓰게 해 달라고 하자 아빠는 이유를 묻지 않았다. 그러라고만 했다. 친구들과 만나 모둠 과제를 할 예정이라고 덧붙인 건 조급해진 정유였다. 프로젝트식 수업이라 시간이 좀 걸릴지 모른다고.

그러자 아빠가 친구들을 위한 작은 이벤트를 고민한 것이다.

'아빠, 이곳은 이제 그때 그 도청이라고요. 전 여길 목숨 걸고 지킬 거고요. 그러니 그동안 아빠는 안전한 데에 계셔야 해요. 그때처럼 강희 고모와 계셔도 되고요.'

아빠는 오늘 방문객이 지난번 문제가 됐던 친구들이란 걸 알고도 별말이 없었다. 아빠는 어떻게 생각하냐고 묻고 싶었지만 어디서부터 어디까지 얘기해야 할지 몰라 정유는 결국 아무 말 하지 않기로 했다. 서브 아지트라니 절대로 있을 수 없는 얘기였다. 그건 동욱이가 여태껏 정유에게 그랬듯 이곳도 자신의 것처럼 함부로 하겠다는 통보나 다름없었다.

어차피 이미 전쟁은 시작됐다. 자신과 아빠의 성역을 넘보는 녀석이라면 이제 이쯤에서 끝을 보아야 했다. 정유는 아빠의 책방으로 녀석들을 들일 생각이 없었다.

"정유야!"

오후에는 정유네에게 가게를 비워 주기로 했던 아빠는 정리를 마치고도 서둘러 나가지 않았다. 대신 햇살을 등진 채 창문 앞에 섰다. 어정쩡하게 서 있는 아빠에게서 정유는 자기도 모르게 40여 년 전 지옥을 만난 중2짜리 소년을 찾고 있었다. 소년이 입을 열었다.

"넌 혼자가 아니야."

역시 그 소년이었다.

"아빠 네가 그걸 알았으면 좋겠다."

"그럼 뭐가 달라질까요?"

정유는 슬몃 화가 났다. 여태껏 내가 혼자라고 느끼도록 놔둔 사람이 아빠였다. 게다가 이건 누구도 도와줄 수 없는 내 문제였다.

"많이 다르지. 많이 달라."

아빠는 두 손을 바지 주머니에 찔러 넣고 창가에 기대섰다. 이제야 조금 자연스러워 보였다.

"혼자 싸우는 싸움은 너무 외롭거든."

"하지만 제 문제라면요. 다른 사람까지 끌어들일 수 없는 문제도 있잖아요."

예를 들면 동욱이 같은 무뢰한한테 저당 잡힌 내 삶을 되찾는 것 같은 문제 말예요. 아빠는 모르잖아요. 내가 얼마나 지옥 같은 시간을 보냈는지. 그러면서 왜 이제 와서 혼자가 아니라고 하는 거예요?

"물론이지. 하지만 다른 사람들도 같은 이유로 네 도움이 필요할지 몰라. 잘 생각해 보렴."

아빠는 정유 어깨를 한 번 쥐었다 놓았다. 그러곤 딸랑 도어벨을 울리고 문밖으로 나갔다.

잠깐 쥐었다 놓았을 뿐인데 어깨가 망치로 친 것처럼 얼얼했다.

내 도움이 필요한 사람들이라니……. 잠시 스쳐 가는 얼굴들이 있긴 했다. 하지만 이건 나 혼자 시작한 싸움이었다. 자칫 다른 피해자가 생길 수도 있었다. 그런데 아빠는 그들에게도 필요한 싸움이 될 수 있다고 얘기하고 있다. 아빠는, 중학생 철이는 내 지옥에 대해 어디까지 알고 있는 걸까.

녀석들은 생각보다 일찍 들이닥쳤다. 멀리서도 들릴 만큼 왁자지껄 떠들면서 몰려왔다. 정유는 애초에 녀석들을 책방으로 들이지 않을 생각이었다. 그러나 어느새 생각이 바뀌어 있었다. 녀석들을 책방 안에서 맞기로 했다.

"여어, 이런 데서 혼자 꿀 빨고 있었냐?"

"대박! 옛날 만화책 봐. 죽인다."

"여기 있으면 당분간 심심한 거 모르겠는데. 안 그래도 게임이니 숏폼이니 시들했는데, 우리도 아날로그 감성 한번 쩔어 보자."

녀석들이 한마디씩 하며 책방 깊숙이 들어섰다.

"손님으로 온 거 아니면 나가라."

"뭐?"

"책 사러 온 거 아니면 나가라고."

순간 정적이 흘렀다. 오후 햇살은 따뜻했다. 열어 놓은 창문에 드리운 커튼이 바람에 살랑 흔들렸다.

"이 새끼가 근데……."

무리 중 한 명이 정유에게 한발 다가섰다.

"잠깐!"

동욱이가 한쪽 팔을 쳐들며 끼어들었다.

"이정유, 알아듣게 말해라. 방금 우리보고 나가라 했냐?"

동욱이는 요란한 소리를 내며 끌어온 나무 의자에 털썩 주저
앉았다.

"그래. 이제 난 더 이상 너희와 안 어울린다. 그러니 이곳에
신경 꺼. 여긴 우리 아빠가 평생을 바쳐서 만든 곳이야. 너희랑
상관없는 곳이니 책이 필요할 때 아니면 출입할 수 없다고."

동욱이 얼굴이 일그러졌다. 눈가를 씰룩이던 동욱이 얼른 표
정을 수습했다.

"그래? 우리도 책 필요해. 만화책이랑 잡지랑 참고서랑 우리
도 다 필요하다고 새꺄. 네가 정 돈 받겠다면 줄게. 치사해서 준
다. 얘들아, 책 골라. 여기 앉아서 읽고 마음에 드는 거 하나씩
골라. 내가 집들이 선물로 쏜다."

정유는 어금니를 깨물었다. 그래. 녀석들은 손님이다. 손님을
밀어낼 이유는 없다.

그러나 그들은 역시 평범한 손님은 아니었다.

"야, 여긴 뭐 컵라면이나 핫바 같은 거 없냐? 피시방에서 파
는 핫도그, 콜라, 이런 거 없냐고. 달랑 사탕 젤리가 뭐냐, 손님

한테. 서비스가 영 별로네."

"음식물 반입 금지다. 여긴 서점이라고."

아빠는 친구들과 숙제하면서 짜장면이든 피자든 맘껏 시켜 먹으라고 했다. 하지만 당연히 정유는 그럴 생각이 없었다. 이들은 손님일 뿐이다. 그것도 빨리 내보내야 할⋯⋯.

"흥, 서점 같은 소리 하고 있네. 헌책방도 서점이다? 여기 음식물 자국, 얼룩, 코딱지 자국 이거 다 어쩔 건데. 지린내 나는 누런 옛날 책 갖다 팔면서 무슨 서점? 음식물 반입 금지? 지나가던 고양이도 웃겠다. 아하하하⋯⋯."

정유가 싫어하는 웃음소리였다. 거슬리는 요란한 웃음으로 상대의 달팽이관을 마비시키고 이어진 신경세포를 교란해 판단력을 위축시키는 그 수작을 정유는 익히 알고 있었다. 모든 걸 자기 휘하에 넣으려는 녀석의 치졸한 수법이었다.

"그런 거 없으니까 그만 나가라."

"뭐?"

"나가라고. 여긴 예의를 지키는 손님만 받는다. 옛날 책이라도 구하기 어려운 책들 많아. 훼손되게 둘 수 없다고."

그리고 정유는 꾹 참았던 말을 내뱉었다.

"너 같은 새끼 더러운 침에 우리 아빠가 밤새 복구한 책들 오염시킬 순 없다고!"

순간 번쩍 눈에 불이 들어왔다. 동욱이가 들고 있던 두꺼운 잡지책을 정유 얼굴에 던진 거였다.

"다시 말해 보지. 뭐가 더럽다고?"

"김동욱, 네 침이 더럽다고 했다. 애들 과자나 뺏어 먹고 다른 애들 괴롭히면서 깔깔대는 그 탐욕스런 입에 고인 침이 더럽다고 했다고. 왜, 내 말이 틀렸냐?"

이번에는 녀석의 주먹이 날아왔다. 정유는 피하지 않았다. 이게 첫 번째 총격이라면 나머지 총알도 모두 몸으로 받아 낼 생각이었다.

순간 떠오른 건 한 번 본 적도 없는 삼촌이었다. 강석이 삼촌. 이름조차 아빠의 이야기 속에서만 친숙할 뿐인 자신의 피붙이. 그 피가 자신에게도 흐르고 있다고 믿었다. 삼촌은 도청을 지켰다. 정유는 그렇게 믿었다. 결과가 힘있는 자들의 편에 선다 해도 그건 중요하지 않다. 중요한 건 끝까지 자신에게 부끄럽지 않은 거다.

이미 주변의 소리는 소거된 상태였다. 독이 오른 계엄군의 총을 맞을 때 삼촌도 주변의 소리는 듣지 못했을 것이다. 정유는 자신에게 날아오는 총알을 셌다. 탕 탕 탕……

세 방쯤 맞고 나자 요란한 다른 소리가 고막을 울렸다. 쨍그랑. 아빠의 젤리 단지였다. 파편이 튀면서 이마에 새로운 고통이 그어졌다. 동욱이가 덤비는 서슬에 밀린 탁자 위에서 단지가 바닥으로 떨어진 거였다. 숨을 고른 녀석이 이번에는 정유의 멱살을 잡았다. 녀석이 눈을 부라리며 얼굴을 들이대자 침인지 땀인지 모를 것이 정유 얼굴 위로 떨어졌다. 강석이 삼촌도 이런 기분이었을까. 더러웠다.

소거된 소음이 일시에 돌아온 건 그때였다.

"야, 그만해!"

"정유 죽는다. 정유 죽어. 동욱이 나쁜 놈, 동욱이 나쁜 놈!"

"적당히들 하지. 야, 이정유! 과제 약속 잡아 놓고 웬 난동 퍼포먼스냐?"

소란스러워진 틈을 타 정유는 있는 힘을 다해 동욱을 밀어냈다. 그리고 벌떡 일어섰다. 녀석이 다시 몸을 날리려 했지만 정유를 향해 날리지는 못했다. 누군가 팔을 잡아챘기 때문이다. 석우였다.

"그만하라고, 김동욱! 너 깡패냐?"

그러자 주춤주춤 동욱이 무리가 석우 주변으로 몰려들었다.

"헐, 배신이냐? 동욱이가 좀 오냐오냐해 줬더니 아주 기어오르네. 당장 그 팔 놓지 못해?"

무리 중 덩치 큰 녀석이 이번에는 석우의 팔을 낚아챘다. 정신을 차린 정유가 덩치에게 달려들려 할 때였다.

"그, 만, 해! 그, 만, 해! 그, 만, 해……!"

문 쪽으로 시선을 돌린 정유는 어리둥절했다. 앗, 너희들은?

한목소리로 '그만해'를 외치고 있는 건 민준이였다. 그리고 한아였다. 그리고 동욱이 무리의 과자를 대신 계산해 준 적이 있는 호재라는 친구였다. 새치기할 때마다 인상을 쓰며 자리를 내준 준석이였다. 민준이가 간식 박스를 안길 때마다 자신에겐 주지 않아도 된다고 말하던 서영이였다. 모두 정유와 한 교실을 쓰는 친구들이었다.

"김동욱, 사, 과, 해! 김동욱, 사, 과, 해!"

아이들은 바뀐 구호를 외쳤다. 여전히 한목소리였다.

"끝났다."

정유가 말했다. 그러자 씩씩거리던 동욱이 정유를 노려보았다.

"너 이 자식!"

"끝났다고. 영업시간."

정유가 한 번 더 못을 박자 한아가 앞장서서 책방 안으로 들어왔다. 이어 다른 아이들도 책방 안으로 몰려들어왔다.

"이제야 좀 조용하네. 자, 우리 조별 과제 자료 조사 이제 시작이다."

아이들은 가져온 자료들을 책상 위에 풀어 놓았다. 아빠의 책방이 금세 스터디카페로 바뀌었다.

"이 새끼들, 그리고 무사할 줄 알지? 칫, 두고 보자!"

씩씩거리던 동욱이는 거칠게 가게 문을 박차고 나갔다. 무리가 뒤따르느라 한참 동안 도어벨이 챙챙거렸다.

그때 유리문 밖으로 정유는 보았다. 욕을 하며 씩씩거리는 동욱이를 누군가 붙잡아 세웠다. 그러고는 오래 이야기를 나누었다. 아빠였다.

"너희 아빠 대단하시더라. 우리 아빠 같으면 한 대 맞았을 때 바로 뛰어 들어가서 녀석 멱살 잡아챘을 텐데."

한아였다.

"실은 나랑 민준이가 너 걱정돼서 오늘 아침 일찍 너희 아버

지 가게 찾아왔었거든. 아무래도 무슨 일 날 거 같으니 도와주
시면 좋겠다고. 어쩔 수 없이 그동안 있었던 일도 간단히 말씀
드렸어. 그런데 너희 아버지가 그러시더라. 싸우는 법, 뭉치는
법도 배워야 한다고. …… 그게 무슨 말인지 이제 좀 알 거 같
기도 하고."

동욱이가 나간 뒤에도 한동안 말없이 앉아 있던 석우가 입을
연 건 그때였다.

"너희 모둠, 밥은 안 먹고 하냐?"

아빠는 친구들에게 짜장면과 탕수육을 시켜 주었다. 정유 이
마에 연고를 바르고 밴드를 붙여 주면서도 물이 닿지 않게 하
라는 말만 했다. 가게를 나서면서도 과제를 잘하라는 말만 남
겼을 뿐이다.

"민준이 낄 자리 있다."

정유 옆자리를 냉큼 차지한 민준이였다. 정유는 짜장면으로
볼이 불룩해진 민준이가 기어이 웃다가 갈색 파편을 튀기는 것
을 보고 처음으로 생각했다. 공식 아지트가 어디든 이곳이 서
브 아지트가 되는 것도 나쁘진 않을 것 같았다.

오월에 못다 한 파자마 파티

"헉헉, 민준이 죽는다. 숨 막혀!"

"민준아, 숨을 크게 들이마셔. 후읍! 이번에 내쉬고. 후우……. 잘했어! 한 번 더. 후읍, 후우……. 그 다음엔 두 팔로 나를 꼭 안아 준다 생각하고 토닥토닥, 토닥토닥."

토닥토닥…… 발작이 올 것 같으면 민준이는 필사적으로 정유를 따라 했다. 자신의 두 팔로 가슴을 감싸안고 오래오래 제 어깨를 토닥거렸다. 그럴 때마다 정유도 자신을 토닥였다. 그러곤 중얼거렸다.

'괜찮다, 이정유.'

'잘했다, 이정유!'

정유는 가끔 그동안 넘지 않았던 선을 넘었다. 경계에 서 있던 민준이가 기우뚱 금을 넘었을 때였다. 민준이가 넘어선 금을 함께 넘었다. 그때마다 교복 재킷을 벗어 몸을 떨고 괴성을 지르는 민준이 머리 위로 안전 막을 씌워 주거나 나비 포옹법을 알려 주었다. 정유는 작은 자극에도 위협을 느끼는 민준이를 위해 몇 가지 응급처치법을 익혀 두었다. 그러다 어느 순간 깨달았다. 민준이와 나란히 쭈그리고 앉아 자기 어깨를 토닥이면서 오히려 자신이 치유 받고 있다는 걸.

"정유 힘들 땐 민준이가 지켜줄게."

혼자가 아니란 게 이런 걸까. 아빠 책방에서 짜장면을 먹을 때처럼 민준이는 정유의 옆자리에 쓱 끼어들곤 했다. 자신의 발밑에 그어 놓은 경계를 넘어 상대의 편에 서니 더 이상 혼자가 아니었다. 그건 민준이가 좋아하는 민트초코맛 마카롱을 녀석과 함께 나눠 먹는 것과 비슷했다. 치약 맛이라는 편견을 접으면 시원 쌉쌀 쫀득한 맛이 꽤 감칠맛 났다.

책방 사건 이후 동욱이는 아빠의 책방에 얼씬거리지 않았다. 교실 안에서 티 나게 대장 노릇을 하지도 않았고 아이들의 간식을 가로채는 일도 줄었다. 여전히 동욱을 따르는 아이들이 있었지만, 그 아이들도 이제는 동욱과 마찬가지로 급식실에서 줄을 서서 받아먹었다.

반 친구들이 더 이상 침묵하지 않았기 때문이다. 친구들은 그날 정유네 책방에서 본 동욱이의 만행을 한 목소리로 증언했다. 곧 학폭위가 열렸고, 동욱은 1호 처분인 서면 사과와 함께 일주일 출석 정지 처분을 받았다. 사과문을 대신 작성할 친구를 찾을 때만 해도 동욱은 느긋하게 콧방귀를 뀌었다. 구운 달걀 열 개를 걸고 팔짱을 낀 채 여유를 부렸다. 하지만 저를 따르던 무리조차 모른 척하자 얼굴이 굳기 시작했다. 구운 달걀 열 개에 지폐 몇 장을 추가했지만, 결과는 마찬가지였다. 결국 동욱이는 제 손으로 과제를 수행했다. 처음이었다.

지옥이 순순히 물러간 건 아니었다.

빡빡 밀다시피 한 짧은 머리로 일주일 뒤 다시 나타났을 때 동욱은 교실 문을 벌컥 열어젖혔다. 그러곤 한 명 한 명 쓰러뜨릴 듯이 쏘아보았다. 사과문을 작성할 때 부리던 여유는 찾아볼 수 없었다. 특히 자기를 따르던 무리가 슬금슬금 피하는 걸 참지 못했다. 그러다 결국 다시 주먹을 휘둘렀다. 녀석이 다시 교장실로 끌려간 건 저항하던 앵무새 꼬리의 코피를 터뜨린 다음이었다. 자신을 따르던 무리의 손에 끌려서였다. 교장선생님과 동욱이 부모님이 오랫동안 면담을 한 다음날 동욱이는 다시 학교에 나오지 않았다. 지방에 근무 중인 동욱이 아빠를 따라 지방 학교로 전학을 가게 됐다는 풍문만 남긴 채였다.

지옥은 5월과 함께 물러갔다.

"민준이가 좋아하는 6월이다, 6월!"

헬 5월을 함께 물리쳤으니 파티를 해야 했다. 정유와 민준이가 동시에 생각해 낸 게 5월에 미처 하지 못한 파자마 파티였다.

"오, 좋아. 그럼 나는 얼룩말 잠옷이닷!"

민준이와 정유가 하나씩 나눠 가진 펭귄 잠옷을 보고 눈에 하트가 들어왔던 석우였다. 파자마 파티 얘기에 새침해진 한아는 비대면 접속으로 깜짝 출연을 제안했다.

"나 같은 까메오 섭외 쉽지 않다. 알지?"

"6월의 파자마 파티라……. 음, 5월을 잘 보내 주기 위한 파자마 파티, 괜찮은데?"

아빠도 거들었다. 아빠는 가끔 정유가 책방에서 친구들과 만화책을 보고 있을 때 슬쩍 끼어들어 말참견을 했다. 정유가 아무렇지 않은 척 질문을 던질 수 있던 것도 그 덕분이었다. 그날 문을 박차고 나간 동욱이를 붙들고 무슨 얘기를 했는지 말이다.

툭 던진 질문이었는데, 아빠의 대답은 한참 만에 돌아왔다.

"쓰읍, 별 얘기 안 했는데. 옛날 만화책 보고 싶으면 언제든 오라고 한 거 같은데……."

"그게 다예요?"

"아, 한마디 더 하긴 했지."

"……."

"한 번 더 우리 아들 건드리면 그땐 내가 가만두지 않는다!"

아빠는 얼굴의 주름을 모두 움직여 눈을 찡긋했다.

정유는 침을 삼켰다. 낯설지만 딱히 싫은 건 아니었다. 다만 목울대를 타고 뭔가 찌르르 올라왔을 뿐이다.

아빠의 마지막 이야기가 찾아온 건 그즈음이었다.

도청의 총격 소리에 손등을 물어뜯은 소년의 이야기는 끝이 아니었다. 모둠 과제에 도움 될 만한 책들을 뒤적이고 아빠와 강희 고모를 위해 《로보트 태권브이》와 《태권 동자 마루치 아라치》 같은 오래된 만화책을 찾느라 정유는 한동안 잊고 있었다. 그러다 책장을 정리하면서 아빠의 기록을 무심코 펼쳐본 정유는 눈이 동그래졌다. 아빠의 이야기에 새로운 장이 추가돼 있었다. 늘 그랬듯 아직 희미한 자국인 채였다.

그제서야 문득 그 이야기가 끝나지 않은 상태라는 데 생각에 미쳤다. 궁금했다. 한편으론 두려웠지만 정면으로 돌파해야 할 것들이라면 맞서고 싶었다. 그렇게 생각하자 가슴이 두근거렸다.

햇빛에 비춰 보고 불빛을 들이대 정유가 겨우 읽어 낸 건 마지막 챕터를 쓴 날짜와 제목이었다.

2024년 5월 28일. 강철의 마지막 이야기

그날이라면 정유와 친구들이 힘을 합쳐 아빠의 책방에서 동욱이 무리를 몰아낸 날이다. 그리고 연도를 빼고 날짜만 보면 1980년 5월 28일 도청에서 총격전이 일어난 다음 날과 일치했다. 정유는 눈을 가늘게 뜨고 희미한 글자 자국을 읽으려다 그만두었다. 불빛이 자신을 불러줄 때까지 기다리기로 했다.

마지막 장을 쓰기 위해 40년 넘게 기다려온 사람도 있으니까.

"정유 네 덕분이야. 많이 두려웠을 텐데 네가 네 힘으로 잘못된 걸 되돌려 놓으려 애쓰는 걸 보면서 강석이 삼촌도 그날 새벽 그런 마음이었겠구나 싶었다."

아빠도 침을 삼키느라 목울대가 꿀렁거렸다.

"너무 오래 원망했어. 괜찮아진 줄 알았었는데 엄마가 떠날 때 비로소 알았다. 애써 누르고 살았다는 걸. 엄마마저 그렇게 되니…… 원망이 더 커지더구나. …… 이제 아빠도 오월병을 보내 줄 때가 된 거 같다. 미안하고…… 고맙다, 아들……."

아빠는 끝까지 말을 맺지 못했다. 정유도 대답하지 못했다. 미안해 해야 하는 건 아빠가 아니에요. 고마운 건 저고요! 목을 타고 올라오는 무언가를 삼킬 때 함께 삼켜 버린 말이었다. 자신도 누군가에게 자신의 기록을 남기고 싶다는 생각을 한 건 그때였다. 한아가 어린 사촌 동생에게, 아빠가 나에게 전해 주고 싶었던 그것을 담을 수 있다면 말이다.

"참, 늦었지만 이번 주말에 강희 고모랑 광주에 갔다 오기로 했다. 강석이 형, 성호 형, 충호 형 묘소 참배도 하고 희정 이모님과 정애 누님도 뵙고. 같이 갈래, 아들?"

한참 뒤에 아빠가 다시 입을 열었다. 맑게 헹궈 낸 듯한 목소리였다. 정유는 어젯밤에 아빠가 강석이 삼촌의 우표 수집 앨범에 앉은 먼지를 닦는 걸 보았다. 아빠는 오래된 책을 복원할 때처럼 삼촌이 모은 우표를 한 장 한 장 쓰다듬었다. 그리고 뒤의 빈 페이지에는 어렸을 적 정유가 아빠에게 보낸 메모와 편지들을 꽂았다. 뒷장을 마저 채우기로 한 삼촌과의 약속을 이제야 지킨 셈이다.

아빠가 호명한 이름들이 마음 깊은 곳에 퐁당퐁당 잔물결을 일으켰다. 동시에 상상 속에 살아 있는 익숙한 얼굴들이 톡톡 튀어 올랐다. 아빠의 파자마 파티에 자신이 낄 자리가 있다는 게 정유는 무엇보다 기뻤다.

정유가 고개를 끄덕이자, 아빠가 정유의 손을 잡았다. 따뜻했다.

시선 둘 곳을 몰라 허둥대다 정유가 본 건 그 불빛이었다. 오랫동안 완성되기를 기다려 온 아빠의 마지막 이야기, 그 이야기가 책방 귀퉁이에서 반짝, 자신을 부르고 있었다.

끝나지 않은 대화

5·18 사건이 일어났을 때 저는 강희 또래였답니다. 강희가 좋아하는 간식을 먹고 정규 방송이 시작되는 6시만 되면 강희 남매가 보았던 TV 프로그램에 빠져들었죠. 그런데 그때를 돌이켜보면 유난히 쇼프로그램, 유머 프로그램이 많았어요. 죄 없는 사람들이 폭도로 몰려 끌려가고 총에 맞던 날, 강철이가 총소리를 들으며 손등에 잇자국을 새긴 날, 그때도 서울에 살았던 저는 아마 파자마 바람으로 '쇼쇼쇼'나 '웃으면 복이 와요' 같은 오락 프로그램에 빠져 있었을 거예요. 극명하게 다른 두 세계가 어떻게 같은 나라, 같은 시간에 공존할 수 있었을까요.

제가 5·18 광주민주화운동 얘기를 처음 들은 건 고등학생 때였어요. 그 사건 후 7년이 지난 뒤였어요. 몇몇 친구들이 비밀을 폭로하듯 귓속 말로 소곤거렸죠. 얼마 후 대학에서는 그때 참혹하게 희생당한 사람들의 사진이 교정을 도배했고요. 정말로 우리나라에서 이런 일이 일어났다고? 현재 남아 있는 자료 사진보다 더 적나라하고 끔찍한 사진들이 대학 곳곳에 펄럭였죠. 사실 그때도 믿기 어려웠어요. 그 공포를 조금이나마 피부로 느낀 건 처음으로 광주를 갔을 때예요. 광주민주화운동 10주년 기념식이 전남대에서 3만여 명의 학생이 모인 가운데 열렸거든요. 전국의 많은 학생들이 사람들의 눈을 피해 한밤중에 움직였고 정문이 아닌 개구멍 같은 곳을 지나 그곳에 모였죠. 언제 전투경찰들이 들이닥칠지 몰라 밤새 두려움에 떨면서도 우리는 광주의 오월과 정의에 대해 이야기했어요. 그때도 '광주 사태'는 채 끝나지 않았던 거예요.

다시 오랜 시간이 흘렀네요. 지금은 광주민주화운동이 우리나라 민주화에 크게 기여한 중대한 사건이라는 데 대부분 동의하죠. 살아 있는 증언을 해 주신 분들도 많고요. 이 책이 나올 수 있었던 것도 그 덕분이랍니다. 그런데 왜 저는 굳이 그 아픈 이야기를 되짚어 썼을까요.

곰곰 생각해 보니 두 가지 이유가 있었던 것 같아요.

저는 "역사는 과거와 현재의 끊임없는 대화"라고 한 E.H.카의 말이 참 공감이 돼요. 역사는 한곳에 머물러 있거나 박제돼 있지 않아요. 우리가 말을 걸어 주고 이름을 불러 주면 여태껏 보여 주지 않았던 새로운 모습으로 짜잔 하고 나타나죠. 왜 그들에게 말을 걸어야 하냐고요? 우리가 경험하지 못한 많은 것들을 역사가 말해 주고 보여 주거든요. 강철의 이야기는 강철의 이야기만으로 끝나지 않죠. 그 아픔과 깨달음이 현재를 사는 후손에게도 고스란히 전달되지요. 그 역사가 뒤틀리고 왜곡된 채로 남아 있으면 현재도 결코 건강할 수 없어요. 그래서 자꾸 말을 걸어 주고 그들이 왜곡됨 없이 바르게 기억될 수 있도록 토닥여 주고 바로잡아 주어야 한다고 생각해요. 그래야 강철이와 정유가 연대해서 서로의 아픔에 맞선 것처럼, 지금도 모양만 다를 뿐 더욱 교묘하고 다양한 모습으로 우리를 괴롭히는 폭력이라는 녀석에게 맞설 든든한 힘이 생기니까요.

두 번째는 그런 이유로 역사를 잘 아는 게 중요하지만 역사라는 분야가 워낙에 방대해서 친해지기 어렵다는 점이에요. 그래서 이야기로 들려주고 싶었어요. 먼 옛날 혹은 근 과거에 살았던 또래 아이가 어떤 아픔을 어떤 방식으로 극복하고 우리에게 '삶'이라는 귀한 선물을 줄 수 있었는지 이야기로 풀어 보고 싶었어요. 이 책을 읽는 친구들이 역사는 결코 먼 옛날이야기가 아니라 내 부모와 조부모의 이야기, 그리고 바로 나의 이야기임을 조금이라도 느낀다면 기쁠 것 같아요.

그것이 우리가 헤쳐 나가야 할 과제들을 비추는 데 든든한 길잡이 빛이 될 수 있음을 경험한다면 더더욱요.

끝으로, 이 '끝나지 않은 대화'가 세상에 나아갈 수 있게 힘을 실어 주신 현북스 심사위원님들과 편집자님, 김서정 선생님과 합평반 문우님들, 한겨레아동문학작가교실과 문우님들, 〈어린이와 문학〉 10기 편집부 원님들께 감사의 마음을 전합니다. 그리고 한결같은 응원으로 힘이 돼 준 제 가족에게도요.

이수연 드림

이수연

대학과 대학원에서 국문학(현대소설)을 진공했습니다. 아이들과 독서 논술 수업을 오래 하면서 아동 청소년들이 즐기며 읽을 책을 쓰고 싶다는 꿈을 품게 되었습니다. 현실에서 한발 물러나 현재를 돌아보게 하는 역사동화와 판타지(SF)를 즐겨 씁니다.

2023년 한겨레아동문학작가교실에서 공부하고, 계간 〈어린이와 문학〉(2024 여름호)에 청소년 단편소설 〈2030 프로젝트를 찬성하십니까〉를 발표하며 작품 활동을 시작했습니다. 《배다리를 지킨 아이들》로 2025년 서울문화재단 예술창작활동 첫 책 발간 지원을 받았습니다. 《오월의 파자마 파티》는 2024년 제3회 현북스 역사 동화·청소년소설 공모전 대상 수상 작품입니다.